*Für Tecla, die Freundin,*
*weil auch ich, wie viele,*
*ohne sie – so – nicht hier gewesen wäre.*

## 2. Januar 1954, Samstag

Die Nadel des Drehzahlmessers blieb stecken und vibrierte heftig im Rund auf der rechten Seite des Armaturenbretts. De Luca wurde in den Spalt zwischen Sitz und Tür gepresst. Der Wagen, eine Aurelia, hatte zu einem Überholmanöver angesetzt, gleich darauf jedoch scharf abgebremst, das Aufheulen des Motors war in ein leises Knurren übergegangen.

Giannino fluchte, das behauchte c von cane – Scheiße! –, das typisch für den toskanischen Dialekt war, klang wie Husten, dann zog er den Schalthebel zu sich und legte einen niedrigeren Gang ein.

– Entschuldigen Sie, Herr Ingenieur ... Dieser Idiot auf dem Motorrad da vorne macht mich wahnsinnig.

De Luca warf einen Blick auf die dunkle Straße vor der Windschutzscheibe, die nur vom gelben Licht der Scheinwerfer erhellt wurde. Zwischen den glänzenden, vom Scheibenwischer verschmierten Regentropfen sah man eine geduckte Gestalt auf einem Motorrad und noch weiter vorne die Umrisse eines mit einer grauen Plane abgedeckten Lkws. Alles glänzte im Regen und im Mondlicht; immer, wenn Giannino zu überholen versuchte, fand sich De Luca fast am gegenüberliegenden Rand der engen und kurvigen Straße wieder.

– Du hast eine Saturno 500 unter dem Hintern, also gib gefälligst Gas!

Giannino sah De Luca an.

– Tun Sie mir einen Gefallen, Herr Ingenieur, schnallen Sie sich bitte an, wenn Sie sich so an die Tür lehnen. Ich habe die Gurte extra dafür anbringen lassen.

De Luca gehorchte und knöpfte auch gleich den Mantel bis oben zu und steckte das Kinn in den Kragen. Er versuchte, mit der Hand den Knopf der Heizung auf dem Armaturenbrett zu erreichen, doch der Sicherheitsgurt nagelte ihn am Sitz fest, also verzichtete er darauf. Er lehnte sich wieder in seine Ecke.

Auch Giannino streckte den Arm aus, aber nicht in Richtung Heizung. Er drückte auf den Knopf des Autoradios, doch als ein unangenehmes, rhythmisches und verzerrtes Krächzen ertönte, machte er es sofort wieder aus. Auch davor, beim Klang einer unverständlichen Stimme – *Teddy Reno,* hatte er geflüstert –, hatte er den Sender einzustellen versucht, gleich darauf jedoch wieder abgedreht; danach hatte sich eine bleierne Stille ausgebreitet, durchbrochen nur von einem fernen Pfeifen. Aber er war nervös, er konnte nicht schweigen.

– *È stata colpa mia,* sang er, *soltanto colpa mia, d'amarti alla follia …* In nicht einmal einem Monat findet das Festival von Sanremo statt, Herr Ingenieur, ich weiß, das ist Ihnen völlig egal, aber ich bin süchtig nach Schlagern. *Non mi lusingar, il romanzo finì …* Verdammt, was macht der Idiot da!

Er versuchte es aufs Neue. Er packte den Hebel am Lenkrad, schaltete einen Gang rauf und drückte das Gaspedal durch, das Motorrad vor ihm war nämlich an den rechten Straßenrand gefahren und machte ihm Platz. Er schickte sich an, auch den Lkw zu überholen, der ihm den Blick versperrte, musste jedoch wieder jäh bremsen, weil das Motorrad dasselbe gemacht hatte und nun wieder in der Mitte der Straße fuhr. Die Reifen der Aurelia schlitterten über den feuchten Schneematsch auf der Bundesstraße, aber De Luca bemerkte es nicht einmal, denn Giannino war ein guter Fahrer.

– Nun, wir haben das Lenkrad rechts und die Sicht ist gleich null, noch dazu ist die Straße eng … Aber pfeif drauf, wie man in Bologna sagt. Was machen wir, wenn wir dort sind, Herr Ingenieur? Guter Cop, böser Cop, wie im Film? Wen spielen Sie? Ich würde gern den bösen Cop geben …

De Luca antwortete nicht und Giannino redete weiter. Er plapperte immer vor sich hin, vor allem im Auto, und in den letzten Tagen, während denen sie gemeinsam unterwegs gewesen waren, hatte De Luca sich daran gewöhnt. Giannino plapperte in seiner toskanischen, wenn nicht gar florentinischen Mundart, und De Luca hing seinen Gedanken nach, eingelullt von der Stimme eines Zwanzigjährigen, die immer munter und heiter war, selbst wenn sie etwas gar nicht Heiteres sagte.

Er hing seinen Gedanken nach.

Er dachte an drei Dinge gleichzeitig, deren Reihenfolge infolge der Unterbrechung durcheinandergeraten war: an eine dumme und an eine wichtige Sache, und an eine, die er noch nicht verstanden hatte.

Zuerst mal die dumme. Die belegte Stimme des Commendatore D'Umberto, sein halb neapolitanischer und halb römischer Akzent: *Hör zu, De Luca, um Polizist zu sein, braucht man ein Herz wie ein Hund, aber es gibt verschiedene Rassen. Es gibt ganz normale Verkehrspolizisten, die ein Herz wie ein Wachhund haben, und es gibt die von der Einsatzpolizei, die ein Herz wie ein Jagdhund haben. Du bist ein Trüffelhund, mein Junge. Doch solche wie wir brauchen das Herz eines Mischlingshundes, eines Bastards.*

Die wichtige Sache: Warum war Crescas Frau nicht gleich umgebracht worden? Warum war sie nicht erdrosselt, ersäuft, sofort kaltgemacht worden, egal ob der Mörder methodisch oder in einem Anfall von Wut gehandelt hatte?

Und dann fiel ihm wieder die dritte Sache ein, die er noch nicht verstanden hatte und die alles durcheinanderbrachte.

Ein Gefühl, gar nicht so sehr ein Gedanke.

Angst. Aber nicht nur. Wut.

Mehr noch: Todesangst.

Er spürte etwas im Hals, als wäre er heiser, instinktiv räusperte er sich. Giannino drehte sich zu De Luca um.

– Was ist, Herr Ingenieur?

– Nichts, nichts.

Angst und Wut. Er spürte sie im Mund wie einen bitteren Geschmack. Er dachte an Claudia, an ihre langen Beine auf dem Foto, die Beine einer Reispflückerin, und da gesellte sich auch noch das Begehren dazu, aber das gehörte nicht hierher, hatte nichts mit dem zu tun, was zwischen seinem Magen und seinem Herz vibrierte.

Ein Warnzeichen.

Aber es war zu spät, denn der Motorradfahrer hatte beschleunigt, den Lkw überholt und war im Dunkel der eiskalten Regen- und Schneenacht verschwunden. Giannino hatte nur *Ach, endlich* gesagt, das Gaspedal durchgedrückt, die Aurelia hatte einen kräftigen Schluck Benzin gemacht und war beim Überholmanöver weit nach links ausgeschert, De Luca hatte *Nein!* geschrien, aber nur in Gedanken, lautlos.

Zu spät.

De Luca sah als Erster die Kurve, die so spitz wie ein Ellbogen war, instinktiv stemmte er die Füße auf den Boden des Wagens, die linke Hand umklammerte so fest die Klinke, dass es wehtat, sein Mund war weit aufgerissen.

Giannino bemerkte die Brücke einen Augenblick später, er bremste mit einem weiteren, zwischen den Zähnen hervorgestoßenen Fluch, der wie Husten klang, und riss das Steuer herum, um sich wieder rechts, hinter dem Lkw, einzureihen, doch es war zu spät.

Hinter ihnen war ein 1900er, der so kompakt war wie ein Bügeleisen, kaum hatte die Aurelia zum Überholmanöver angesetzt, hatte er sich auf den frei gewordenen Platz gedrängt, er fuhr ganz dicht auf den Lkw auf. Eine kompakte Mauer aus Glas, Reifen und Blech hinderte sie daran, sich wieder einzureihen, wie ein Projektil schossen sie auf die Kurve zu.

– Um Himmels willen, schrie Giannino, und dann *Mama, nein!*

Genau in dieser engen Kurve befand sich das Geländer einer Brücke. De Luca sah sie ganz schnell näher kommen, sie trat aus dem glänzenden Dunkel der Nacht, sie fuhren auf den weißen Strich auf den Ziegeln zu wie auf ein Ziel, die Bremsen, die die Reifen blockierten, kreischten, doch umsonst.

Kein Atemzug, kein Atemzug, sogar das Herz blieb stehen, De Luca war einen Augenblick lang wie versteinert, dann wurde er aufgrund des Aufpralls nach vorn geschleudert, der Gurt presste ihm den Atem aus dem Bauch, die Hand auf der Klinke schien am Handgelenk abgeschnitten zu werden, der Hals dehnte sich wie ein Gummiband kurz vor dem Reißen, und das Gesicht versank in einer Wolke aus kaltem Glas.

Kein Schmerz.

Dann beförderte ihn ein harter Schlag wie von einem Hammer mitten auf die Stirn in eine derart schwarze und tiefe Dunkelheit, dass er nichts mehr wahrnahm.

*Davor*

## (21.–27. Dezember 1953)

### „Oggi"

Wochenzeitschrift für Politik, Vermischtes und Kultur, Jahrgang IX, Nr. 52, 60 Lire.

*Auf dem Cover:* MARIA LUISA, ERSTGEBORENE TOCHTER VON JOHANNA VON BULGARIEN, HEIRATET EINEN HOLLÄNDER (Fotoreportage im Blattinneren, auf den Seiten 12–13).

*Im Blattinneren:* ZWEI SKORPIONE IN DER FLASCHE, Eisenhowers „Atomrede" läutet eine neue Phase in der Beziehung zweier alter Gegner, UdSSR und USA, ein • AUSSAGEN GEGEN DIE ROTEN, Detroit: In den USA werden große Vorsichtsmaßnahmen ergriffen, um die Immunität der Zeugen zu gewährleisten, die im Prozess gegen die Kommunisten aussagen • PROPHEZEIUNGEN FÜR 1954, Astrologen und Wahrsager sagen allgemein ein gutes neues Jahr für Italien voraus • IM FLUGZEUG BESTEHEN AFFEN AUF FÜNF-UHR-TEE, Ansprüche, Gewohnheiten und Launen von Tieren beim Fliegen • DAS UNSTETE HERZ DER HARTEN PCI-FÜHRER, fast alle führenden PCI-Politiker haben sich aufgrund der Liebe zu einer jüngeren Frau von ihrer Gattin scheiden lassen.

### „Le Ore"

Fotozeitschrift mit politischem und kulturellem Schwerpunkt, Nr. 33, Jahrgang I, 60 Seiten, 60 Lire.

*Auf dem Cover:* ZWISCHEN HOLLYWOOD UND DER KASBA ENTSCHEIDET SICH GINA LOLLOBRIGIDA FÜR DIE LIEBE (Fotoreportage im Blattinneren).

*Im Blattinneren:* DER SPRECHER AMERIKAS, Foster Dulles, kündigt bei der letzten Sitzung des Nordatlantikrats an, dass die amerikanischen Hilfsleistungen für Europa sofort ausgesetzt werden, sollte die Ratifizierung der Europäischen Verteidigungsgemeinschaft aufgeschoben werden • DREIZEHN

JA-WORTE 1953, Traum-Hochzeiten Ende des Jahres • RASCEL UND NICHT CORSARO, der römische Schauspieler bringt eine neue Revue auf die Bühne, diesmal tritt kein Pferd, sondern ein Schimpanse auf.

*Werbung:* CYNAR, gegen den Stress des modernen Lebens.

„Tempo"

Jahrgang XV, Nr. 52, 56 Seiten, 60 Lire.

*Im Blattinneren:* DIE SOWJETS MÜSSEN JETZT DIE KARTEN AUF DEN TISCH LEGEN, nach der Rede Präsident Eisenhowers muss Russland seinen Friedenswillen unter Beweis stellen • 1962 FLIEGEN WIR ZUM MOND, endlich kennt man das Datum der großen interplanetarischen Reise, die eine Gruppe von Wissenschaftlern mit Unterstützung der US-Regierung vorbereitet.

*Werbung:* AMARO CORA, der wahre Magenbitter schmeckt süß.

„La Settimana Incom Illustrata"

Jahrgang VI, Nr. 52, 80 Seiten, 60 Lire.

*Auf dem Cover:* LUCIA BOSÈ KAUFT WEIHNACHTSGESCHENKE FÜR IHREN KLEINEN FREUND ROBERTINO.

*Im Blattinneren:* EINE ALLIANZ REICHT NICHT, UM DIE KOMMUNISTEN AUFZUHALTEN, die Ungewissheit der aktuellen Situation im Parlament begünstigt die Regierung Pella, aber der dynamische Aktivismus der Linken verlangt der Mehrheitspartei ein klares politisch-soziales Programm ab • MODE-FRISUREN FÜR 1954, kurz, aber nicht allzu kurz, für untertags: italienischer Schnitt, wenige Locken, Ohren frei • NIEMAND LIEST DIE BRIEFE AN DAS JESUKIND, seit mehr als fünf Jahrhunderten bitten Gläubige aus aller Welt die Statue im Ara Coeli um Gnade.

*Werbung:* COCA-COLA, seit mehr als einem halben Jahrhundert köstlich und einzigartig.

„Sorrisi e Canzoni"

Wochenzeitschrift für Radiomusik und Revuetheater, Jahrgang II, Nr. 32, 30 Lire.

*Auf dem Cover:* Bruno Pallesi ersetzt Latilla im Angelini-Orchester (ab Seite 4) und Zwei Schlager für Gina, die Lollobrigida spielt im Fernsehen *Pane amore e fantasia* und singt darin zwei schöne Schlager (siehe Seite 16).

*Im Blattinneren:* Schlager im Radio: Triste Sorriso *(che mai, o signora gentil vi rattrista ...),* Non ti potrò scordare *(non mi lusingar, il romanzo finì, tu sei già stanca d'amar ...),* È stata colpa mia *(è stata colpa mia, soltanto colpa mia, d'amarti alla follia ...),* Malanotte *(Oh ... o-o-o-oh, luce del sol, oh ... o-o-o-oh, si spegne nel ciel, la notte viene giú, e stende il suo vel, di sogni d'amor, di tristi pensier).*

## 21. Dezember 1953, Montag

Er ging schneller, machte fast einen Sprung, um der Straßenbahn auszuweichen, die bimmelnd von der kleinen Piazza her kam, und suchte Zuflucht unter den Arkaden, quetschte sich zwischen zwei alten 110ern durch, die vor den Säulen parkten. Die ganze Fassade der Arena del Sole war von einem riesigen Plakat bedeckt, die roten Buchstaben schwebten über den Köpfen der Passanten, SALOMÉ, der Akzent über dem letzten Buchstaben kitzelte den schwingenden Rock von Rita Hayworth, wie um ihn zu lüpfen.

De Luca blickte instinktiv nach oben, dann steckte er das Kinn in den aufgestellten Mantelkragen, die Arkaden Bolognas schützen zwar vor Regen und Schnee, im Dezember war es darunter dennoch eiskalt.

– Wenn was runterfällt, dann Schnee, sagte ein vermummter Alter, der hinter einem Becken mit gerösteten Kastanien saß, aber er sagte es im Dialekt und De Luca war an Bolognesisch nicht mehr gewöhnt.

Er ging weiter über die Via Indipendenza, bis er unter Arkaden mit geschwungenen Jugendstilsäulen das Schild des Cafés sah, das er suchte, und ging schnell hinein. Auch an die Pistole in der Tasche war er nicht mehr gewöhnt, er zuckte zusammen, als sie gegen den Pfosten der Glastür schlug. Er war zur Seite getreten, weil eine Dame schnellen Schritts herauskam.

Es war weniger ein Café als eine Konditorei und gesteckt voll. De Luca hatte eine anonyme Bar in einem düsteren Winkel erwartet, doch hier, mitten im Zentrum, zwischen Pelzmänteln und Pelzkragen, Pralinenschachteln und glitzernder Weihnachtsdekoration, fühlte er sich fehl am Platz. Er blickte sich um, ohne zu wissen, wen er suchte.

– Herr Ingenieur! Herr Ingenieur Morandi!

Ein junger Mann lehnte am Glastresen, im Gastronomiebereich des Ladens. De Luca bemerkte ihn, weil er mit dem Arm winkte, um ihn zu sich zu rufen, in diesem Augenblick hatte er sogar vergessen, dass er Ingenieur Morandi hieß.

– Giannino, sagte der junge Mann. – Sehr erfreut.

De Luca drückte ihm die Hand. Auf den ersten Blick ein Junge, der älter wirken wollte. Schnurgerader Scheitel und pomadisierte Haare, gelber Seidenschal mit Kaschmirmuster unter dem Kragen eines zugeknöpften Mantels. Krawattenknopf auf weißem Hemd. Lächeln wie auf einer Werbung. Er behauchte das t und verschliff das g von Giannino, daran erkannte er, dass er Toskaner war. Er fragte ihn nicht, ob das sein Vor- oder sein Nachname war, und auch nicht, ob es sein wirklicher Name war, der andere fragte ihn ja auch nicht, ob er wirklich Ingenieur war.

– Bei *Majani* gibt es die beste heiße Schokolade auf der ganzen Welt, darf ich Sie zu einer einladen?

– Nein, danke …

– Sie haben ja keine Ahnung, was Sie sich entgehen lassen. Noch dazu bei dieser Kälte …

– Nein, danke …

– Dann einen Kaffee?

De Luca spürte, wie sein Magen sich knurrend zusammenzog, er schluckte.

– Ja, sagte er, – lieber einen Kaffee.

– Haben Sie schon gefrühstückt? Nehmen Sie ein Croissant, Herr Ingenieur, oder besser noch ein Törtchen …

De Luca schüttelte den Kopf und Giannino rief, *einen Kaffee,* und zeigte mit einem kerzengeraden Finger auf den Tresen vor ihnen. Der Kaffee wurde augenblicklich serviert und Giannino hatte gerade noch Zeit, einen Löffel Zucker in die Tasse zu werfen, denn De Luca rührte schon um und nahm einen Schluck von dem Getränk, das so heiß war, dass er sich die Zunge verbrannte. Er hatte noch nicht gefrühstückt, doch am Vormittag aß er nie etwas. Er hatte zwar kurz davor am Bahnhof, kaum war er ausgestiegen, einen Kaffee getrunken, doch er war schon wieder auf Entzug.

– Wissen Sie, Herr Ingenieur, ich habe Sie auf dem Foto wiedererkannt. Es war ein Foto vom Prozess, Sie trugen einen Trenchcoat wie diesen, genau so einen.

De Luca gab keine Antwort. Er konzentrierte sich auf den Löffel, mit dem er den Zucker vom Grund der Tasse schabte.

– Klar, es ist erst vier Jahre her, aber damit ich Sie sicher erkenne, hat man mir auch ein Foto gegeben, auf dem Sie Uniform tragen, Kappe und schwarzes Hemd, das war zwar im Krieg und ist schon zehn Jahre her, aber Sie sehen noch immer so aus, unverändert.

De Luca hörte auf, am Löffel zu lutschen. Giannino sprach jetzt ganz leise und er spürte, dass sein hinterhältig lächelnder Blick auf ihm ruhte, wie der eines spielenden Kindes. In letzter Zeit hatte er viele solche Blicke ertragen müssen, und er hatte immer den Blick gesenkt, vor dem Staatsanwalt, vor dem Richter, auch vor seinem Verteidiger, ganz zu schweigen von jenen, die danach gekommen waren.

Aber das war nur ein Junge, der erwachsen wirken wollte, und theoretisch war er auch sein Untergebener, nicht nur theoretisch, sondern wirklich, und deshalb hob De Luca den Blick und sah ihn an.

– Bist du mit der heißen Schokolade fertig?, sagte er. – Können wir gehen?

Einen Augenblick lang hörte Giannino auf zu lächeln. Doch gleich darauf setzte er wieder sein boshaftes Werbelächeln auf, diesmal war es allerdings etwas vorsichtiger.

– Ich bin fertig, Herr Ingenieur. Lassen Sie nur, lassen Sie nur … Ich zahle. Das wäre ja noch schöner.

Das Auto parkte etwas weiter vorne, im Halteverbot, denn gleich davor, unter den Arkaden, befand sich eine Bank. Das Auto war funkelnagelneu, es glänzte, als wäre es aus Silber. Als sie noch unter den Arkaden gingen, zeigte es Giannino schon De Luca, er nickte vor Stolz.

– Lancia Aurelia B20, Herr Ingenieur, aber die, die gerade auf den Markt gekommen ist, die Zweieinhalb-Liter-Version. Man war mir einen Gefallen schuldig, was Besseres hätten sie uns nicht geben können, nicht wahr?

Er streichelte sie und klopfte zweimal auf den abgerundeten Kofferraum. – Was für ein Hinterteil … Man hat das Heck des alten Modells verändert, jetzt schaut sie viel besser aus … Finden Sie nicht, dass sie erotisch ist, Herr Ingenieur?

De Luca öffnete die Tür und setzte sich auf den Beifahrersitz. Auf dem Armaturenbrett lag eine Kelle der Straßenpolizei. Er nahm sie in die Hand und warf Giannino einen fragenden Blick zu, der riss sie ihm aus der Hand und schmiss sie nach hinten, auf die schmale Rückbank dicht unter dem niedrigen Coupédach.

– Die Leihgabe eines Kollegen, sagte er, – ich habe einen Anschiss von der Verwaltung bekommen, weil ich zu viele Strafzettel kassiere.

Er betätigte den Anlasser, drehte den Schlüssel im Schloss und stieg vorsichtig aufs Gaspedal. – Ich brauche Sie wohl nicht zu fragen, ob Sie hören, wie der Motor schnurrt … Sie wären wohl auch zufrieden, wenn sie uns einen alten Topolino mit einer Gasflasche auf dem Dach gegeben hätten, nicht wahr, Herr Ingenieur?

Diesmal musste er lächeln. De Luca rutschte auf der Sitzbank hin und her, kauerte sich in den Spalt zwischen Sitz und Tür, presste die Arme an den Körper, weil er plötzlich so fror, dass er bibberte. Wenn er im Winter in ein Auto einstieg, hatte er immer ein Gefühl, als ob der eiskalte Sitz die ganze Wärme aus seinem Körper saugte. Beim intensiven Stoff- und Metallgeruch eines neuen Autos wurde ihm auch immer ein wenig übel, aber wenn er das Fenster geöffnet hätte, hätte er noch mehr gefroren, also beschloss er, die Zähne zusammenzubeißen.

Giannino war losgefahren und rechts auf die Via Ugo Bassi eingebogen.

– Autos interessieren Sie nicht, Herr Ingenieur … Wie ist es mit Fußball? Schauen Sie sich Fußballspiele an? Ich bin ein Fan von Fiorentina, eh klar, ich bin so gut wie auf der Piazza della Signoria zur Welt gekommen, aber Sie? Juve? Milan?

De Luca schüttelte den Kopf, und er schüttelte ihn aufs Neue, als Giannino sagte: *Sie werden doch kein Inter-Fan sein, oder?*

– Nein, ich wollte sagen, nein, ich schaue mir keine Fußballspiele an.

– Kino? Musik? Ich liebe Musik, moderne Musik, Schlager, mit einem Wort. Aber auch Jazz. In einem guten Monat, Herr Ingenieur, ist das Festival von Sanremo. Nilla Pizzi, Teddy Reno, Flo Sandon's … Oder gefällt Ihnen Claudio Villa?

Er warf ihm einen Blick zu und schaltete einen Gang höher, um zu beschleunigen und vor der Straßenbahn in die Via Marconi einzubiegen.

– Interessiert Sie auch nicht, stimmt's? Ist nicht gerade einfach, Konversation mit Ihnen zu machen, Herr Ingenieur.

– Vielleicht sollten wir uns über den Fall unterhalten.

Giannino nickte. Er hupte, um einen Fußgänger von der Straße zu scheuchen, dann holte er eine Akte aus dem Handschuhfach und reichte sie De Luca. Es war eine cremefarbene Mappe mit dem Stempel des Polizeipräsidiums Bologna darauf, Einsatzkommando. De Luca presste die Lippen aufeinander, sog die Luft ein, als ob ihm das Wasser im Mund zusammenliefe.

Das erste Foto war eine Nahaufnahme, der nackte Körper einer Frau auf dem Rand einer Badewanne, von hinten aufgenommen, sie lag mit den Schultern und dem Kopf im Wasser. Es war nicht einfach, den Körper zu erkennen, denn das Schwarzweißfoto war fast einheitlich grau, nur die Hinterbacken im Vordergrund waren deutlich zu sehen.

Dann waren da noch ein paar schärfere Fotos, die dunkle Masse der Haare trieb unbeweglich in dem seifigen Wasser wie ein Medusenkopf, Details des Körpers und des Badezimmers, der blutige Abdruck eines nackten Fußes auf dem Boden, Ausschnitte eines anderen Zimmers, ein schwarzes Telefon an einer Wand, der Hörer hing an der Schnur.

De Luca blätterte die Fotos schnell durch, fast ohne sie anzusehen, dasselbe machte er mit den maschinengeschriebenen Seiten, Dienstbericht der herbeigerufenen Streife, Kommentare des Beamten der Einsatzpolizei, Obduktionsbericht des Polizeiarztes, und da war auch ein kurzer Bericht der Carabinieri, und außerdem Zeitungsausschnitte, seltsamerweise wenige, obwohl das Ganze vor zwei Tagen passiert war.

Die Beschreibung des Opfers hatte er bereits im Zug von Rom nach Bologna gelesen, wohin er aufgebrochen war, um den Mord an Stefania Mantovani, verehelichte Cresca zu lösen, er hatte sie mehrmals gelesen und mit einer Hingabe, die ihm den Atem geraubt hatte. Stefania Mantovani, geboren am 23. August 1922 in Ferrara – also einunddreißig Jahre alt –, ein Meter siebzig groß, fünfundfünfzig Kilo schwer, hellhäutig, grüne Augen, rote Haare, keine besonderen Merkmale. „Witwe", stand ganz unten, De Luca wusste, dass ihr Gatte, Professor Mario Cresca, zwei Monate davor bei einem Autounfall umgekommen war.

– Vielen Dank, Herr Ingenieur. Ich dachte, ich hätte gute Arbeit geleistet, sagte Giannino enttäuscht.

– Sehr gute Arbeit sogar. Aber jetzt will ich die Akte nicht lesen. Ich weiß nicht, wer … – er blätterte die Dokumente durch – dieser Kommissar D'Orrico ist, ich weiß nicht, wie er und sein Team arbeiten, und ich will mich nicht von ihren Überlegungen in die Irre führen lassen. Ich würde lieber selbst den Tatort besichtigen und mir eine eigene Meinung bilden.

Giannino zuckte mit den Achseln. Er bog nach links in die Via Riva di Reno ein, fuhr am Kanal entlang, überquerte die kleine Brücke, fuhr rechts ran und machte den Motor aus. Er beugte sich über das Steuer und zeigte durch die Windschutzscheibe auf ein kleines Fenster, die Fensterläden waren geschlossen, verriegelt, wie bei einem Bordell.

– Da ist es, Herr Ingenieur. Crescas Absteige.

– Wie würden Sie es nennen? Pied à terre? Junggesellenwohnung? Nun, wenn einer kein Junggeselle mehr ist, dann nennt man es Absteige, mit einem Wort, ein Liebesnest.

Giannino stand ganz oben auf der Treppe, auf dem letzten schmalen Treppenabsatz, von dem aus man ins Treppenhaus hinter einem niedrigen Geländer blickte. Am Türpfosten waren Klebestreifen angebracht, mit der Aufschrift „Polizei", mit Bleistift geschrieben, und dem Stempel des Polizeipräsidiums. De Luca wies Giannino mit einer Bewegung des Kinns darauf hin, er hatte nämlich die Hände in den Manteltaschen, die cremefarbene Aktenmappe hatte er unter den Arm geklemmt. Die ganze feuchte Kälte von der Straße schien durch das Treppenhaus heraufgesaugt zu werden.

Giannino riss die Siegel ab, zog einen Dietrich heraus und öffnete die Tür. Er grinste De Luca an, doch der schaute woanders hin. Er starrte in das Dunkel hinter der Schwelle, sein Herz hatte heftig zu schlagen begonnen, und diesmal lief ihm wirklich das Wasser im Mund zusammen, ein Überschuss an Speichel zwang ihn zu schlucken.

Der Sicherungskasten war gleich neben der Tür. De Luca schraubte die Sicherung rein und machte das Licht an, dann hob er den Arm, um Giannino aufzuhalten.

– Hast du einen Fotoapparat?

– Sicher, Herr Ingenieur, im Auto. Ich hole ihn.

De Luca blieb auf der Schwelle stehen, vor seinem Mund bildete sich Hauch. Er schloss die Augen, kniff sie zusammen, dann machte er sie wieder auf.

Eine kleine, quadratische Mansarde, das Fenster an der hinteren Wand, dicht unter der Dachgaube, war geschlossen.

Zur Linken ein nicht gemachtes Ehebett. Nein, nicht zerwühlt, ungemacht. Jemand hatte darin geschlafen, eine Seite war abgedeckt und ein Kissen war nicht an seinem Platz, ein einsamer Schlaf. Neben der Tür ein kleiner zweiteiliger Schrank, er war offen. Auf dem Bett und auf dem Boden rundherum lagen Bücher, Hefte und Dokumente, die eigentlich in ein kleines Regal an der Wand gehört hätten, auch der Inhalt der Kommode war auf den Boden geleert worden.

Links.

Rechts ein kleiner Tisch, der Stuhl stand gerade davor, eine Schreibmaschine, eine Lampe, ein Papierkorb, alles sauber und ordentlich. Allerdings: ein Telefon auf dem Boden, die Schnur des Hörers, der nicht auf der Gabel lag, zusammengerollt wie eine Schlange. An der Wand hinten, neben einem Kohleofen, ein weiterer Tisch mit einem Plattenspieler darauf und ein Plattenständer. Die Platten lagen am Boden, sie waren aus den Hüllen gerissen worden, zerbrochen.

Und in diesem Teil des Zimmers war überall Blut am Boden, im Blut war herumgetrampelt worden, Blutspuren führten zu einer kleinen offenen Tür, offenbar der Badezimmertür.

Giannino kam keuchend in die Wohnung, er war die Treppe heraufgelaufen. Er trug eine kleine Leica, mit bereits montiertem Parabolblitz.

– Wir beginnen dort, wo die Leiche gefunden wurde, und gehen dann retour, sagte De Luca. – Gib acht, dass du auf nichts drauftrittst.

– Himmel, ist es hier kalt. Und auch noch feucht. Spüren Sie das nicht, Herr Ingenieur?

Nein, er spürte es nicht. Kaum hatte er das Licht im Bad angemacht, hatte De Luca einen Schauer unterdrückt, aber er wusste, er kam von der Erregung und nicht von der Kälte. Er nahm ein paar Fotos aus der Akte und reichte Giannino die restlichen, er verzog das Gesicht, weil dieser sich, mit der Leica unter dem Arm, ein Paar Handschuhe anzog.

Die Badewanne war leer, noch feucht, auf der weißen Resopalplatte am Rand befanden sich Blutspuren. Eine Dose Badesalz lag umgestürzt auf dem Boden neben dem Abfluss, eine lange Spur glänzender Körnchen führte zum Abflussloch. Der Duschvorhang war aus den Ringen gerissen und auf den Boden unter das Waschbecken geworfen worden.

In den Blutspuren vor der Badewanne befanden sich viele Fuß-abdrücke, Abdrücke von glatten Sohlen und von Sohlen mit tiefem Profil, längliche Abdrücke von kleinen Frauenfüßen, und ein ziemlich deutlicher Abdruck von einem Vorderfuß mit gespreizten Zehen, wie plattgedrückt. De Luca bedeutete Giannino mit einer Geste, er solle ihn fotografieren.

– Ohne Blitz. Es gibt genug Licht. Was sagt der Polizeiarzt?

– Herr Ingenieur, flüsterte Giannino, – ich habe nur zwei Hände, dennoch begann er zu lesen: *Ich habe eine Leiche* vor mir ...

– Nur welche Verletzungen festgestellt wurden.

– Gut, also ... Hämatom auf der rechten Seite der Stirn, Schnitt auf der linken, gebrochene Nase, Abschürfung auf dem Wangenbein ... dann, dann ... auf dem Hals: langes kreisförmiges Hämatom, schmales Hämatom, weitere fleckenförmige Hämatome. Großes Hämatom vorne, unterhalb der Brust, eine *Quetschwunde* angeblich. Tod wahrscheinlich durch Ertränken, ungefähr zwölf Stunden vor dem Leichenfund.

De Luca stellte sich die Szene vor. Er betrachtete die Badewanne, dann die Fotos aus der Akte, bleiche Farben aufgrund des künstlichen Lichts der Badezimmerlampe, leuchtendes Schwarzweiß aufgrund des Fotopapiers.

Er ging zum Schrank über dem Waschbecken und öffnete ihn. Einen Augenblick lang sah er sein Spiegelbild im Schrankflügel, ein schmales, langgezogenes Gesicht, das auftauchte und auch gleich wieder verschwand. Er sah ganz kurz die Augenringe und den Bart, den er sich schon seit geraumer Zeit wegrasieren hätte sollen, danach konzentrierte er sich auf den Inhalt.

Kamm, Bürste, Zahnbürste, Zahnpasta, elektrischer Rasierapparat und Rasierwasser. Brillantine. Mundwasser. Männersachen. Am Rand des Waschbeckens eine kleine Toilettetasche. Frauensachen.

De Luca nahm den Männerkamm und untersuchte ihn im Gegenlicht: sauber, aber fettig. Er nahm einen Lippenstift aus dem Beutel am Waschbecken und öffnete ihn: dunkelrot, fast aufgebraucht.

– Haben Sie das da gesehen?, sagte Giannino und zeigte auf ein Körbchen.

Ja, de Luca hatte es gesehen und ging hin. Ein Päckchen Kondome der Marke Gold One, noch geschlossen, Giannino nahm es in die Hand und schüttelte es mit belustigtem Blick.

– Wenn du alles fotografiert hast, gehen wir rüber. Hier sind wir fertig.

De Luca verließ das Bad und sah einen Augenblick lang Giannino zu, der hatte das Brillantinefläschchen genommen, einen Handschuh ausgezogen, einen Tropfen Brillante auf die Handfläche geleert und zerrieb ihn zwischen den Fingern. Er führte sie zur Nase, um daran zu schnuppern.

– Angeblich verhindert Tricofilina Haarausfall. Aber mich überzeugt das nicht. Ich bleibe Linetti treu, es riecht auch besser.

De Luca musste lächeln und er lächelte auch noch, als Giannino in die Blutflecken rund um den kleinen Tisch neben der Wohnungstür trat, bevor er ihn davon abhalten konnte. Aber er hatte sie ohnehin schon gesehen.

– Los, fotografier auch das.

Glatte Sohlen, Sohlen mit tiefem Profil und zwei weitere Abdrücke von nackten Füßen. Ein weiterer vor dem Telefon an der Wand, fast vollständig, es fehlte nur die Ferse. Der andere unter dem Tisch, vollständig, von der großen Zehe bis zur Ferse, aber gekippt, die rote Linie brach unterhalb des Fußgewölbes ab. Frauenfüße.

De Luca beugte sich über die Schreibmaschine, eine kleine, schwarze tragbare Remington, so nah, als wolle er an ihr riechen. Er öffnete die Tischlade: Briefpapier und Kuverts mit dem Namen des Absenders, einfach „Mario Cresca", ohne Titel, nur die Wohnadresse, „Via Oberdan", nicht die der Absteige. Aber durcheinander, als ob eine Hand darin gewühlt hätte.

Eine blutige Hand.

Er warf einen Blick in den Papierkorb unter dem Tisch. Er war leer, bis auf einen Papierfetzen, der von einem elfenbeinfarbenen Kuvert wie jenen in der Lade abgerissen worden war. Er holte ihn aus dem Papierkorb, stellte fest, dass er am Rand rötlich gefärbt war, Blut, das vom Papier aufgesaugt worden war, und darüber befanden sich drei Blockbuchstaben, auch sie rot, aber das war nicht Blut, sondern das rote Farbband der Schreibmaschine.

DOTT, das letzte t fehlte, es war weggerissen worden.

Dann kniete er sich hin und betrachtete das Telefon auf dem Boden, einen großen Apparat aus schwarzem Bakelit. Er nahm den Hörer, blies den weißen Staub weg, mit dem man die Fingerabdrücke abgenommen hatte, und betrachtete ihn lange.

– Haben Sie die Liste der Beweisstücke, die man der Spurensicherung übergeben hat?, fragte er.

Giannino blätterte die Dokumente in der Mappe durch, zog mühselig eines heraus, er hatte sich nämlich wieder die Handschuhe angezogen. Da war sie.

– Haare?

– Ja, drei. Lange, rote. Klebten mit Blut am Hörer. – Er zeigte darauf.

De Luca nickte. – Sonst was?

– Ein Herrenschlafmantel, mit den Initialen MC auf der Tasche, blutverschmiert. Sonst nichts.

De Luca seufzte. Er hatte gut daran getan, den Bericht des Kommissars von der Einsatzpolizei nicht davor gelesen zu haben. Er sagte es.

– Warum?

– Der Kollege D'Orrico nimmt es bei der Arbeit nicht allzu genau.

– Ex-Kollege.

– Er hat nur die Spuren auf dem Telefon gesichert und sonst nichts. Es wären noch viele andere für die Spurensicherung da gewesen. Zum Beispiel das da – er zeigte ihm den Papierfetzen aus dem Papierkorb – und das da – er zeigte auf die Schreibmaschine, auf den Hebel links, der das Blatt festhielt, und die Leertaste. – Überall Blutspritzer, aber das hier sind keine Spritzer, sondern Abdrücke. Und wenn du genau schaust, siehst du, dass auch hier, auf der S-Taste, einer ist. Sie sind zwar undeutlich, aber egal, es bedeutet, dass sich jemand hergesetzt und zu schreiben begonnen hat. Schau, wie gerade der Stuhl steht: Hier hat es ein Handgemenge gegeben, eigentlich sollte er umgestürzt sein. Und …

De Luca verstummte. Er stellte sich die Szene vor.

Aber er runzelte die Stirn.

– Ich will den Trottel von der Einsatzpolizei nicht verteidigen, sagte Giannino, – aber wenn die Abdrücke undeutlich sind, warum sollte man die Remington dann beschlagnahmen?

– Nicht die Schreibmaschine. Das da. Es ist ziemlich neu und verrät uns vielleicht was.

De Luca löste die Hebel, die die Spulen des Farbbands festhielten, holte es heraus und rollte es auf. Er steckte es in die Tasche.

– Tja, das Telefon ist wichtig, sagte er und nahm den blutverschmierten Hörer, – damit wurde die Signora geschlagen, davor oder danach hat man versucht, sie zu erwürgen, – er nahm die Schnur in die Hände und wollte schon *ich nehme an, danach* sagen, doch als er die Fußabdrücke im Blut auf dem Boden sah, hielt er inne.

Er stellte sich die Szene vor.

Er runzelte aufs Neue die Stirn.

– Dann hat man ihr den Kopf in die Badewanne gehalten und sie ertränkt, sagte Giannino und nickte entschieden. – Mindestens zwei Personen, den Schuhabdrücken nach zu schließen. Stimmt das, Herr Ingenieur?

– Drei, wenn wir deine dazurechnen, sagte De Luca.

Er stand auf und ging zum Schrank, blieb stehen und betrachtete ihn mit verschränkten Armen.

– Die Sohlen mit dem tiefen Profil stammen wohl von den Stiefeln der Einsatzpolizisten. Unser Kollege hat ja zugelassen, dass sie überall herumtrampeln.

– Ex-Kollege.

Am Boden vor dem Schrank ein Paar rote Damenschuhe, Größe neununddreißig. – Signora Cresa lebte auf großem Fuß, sagte Giannino. – Und hatte einen guten Geschmack, fügte er hinzu, mit einem Blick auf die Marke.

Im Schrank eine Hausjacke mit den Initialen MC, eine sportliche Hose, ein Pullover, Herrenunterhosen und -socken.

De Luca hörte auf, sich die Szene vorzustellen. Er runzelte noch mehr die Stirn, sofern das überhaupt möglich war.

– Und diese Sauerei haben die Kollegen gemacht?, sagte Giannino und zeigte auf die kaputten Platten. – Guter Gott, schauen Sie mal genau ... Billie Holiday, Etta James ...

– Nein, sagte De Luca nachdenklich, das ist schon auf den Fotos so – und Giannino fuhr fort: *Duke Ellington, Lionel Hampton* ...

– Nur eine Platte ist noch heil, die letzte von Lena Horne, in Italien kann man sie noch gar nicht kaufen, was meinen Sie, Herr Ingenieur, hat wer was dagegen, wenn ich sie mitnehme?

De Luca hörte ihm gar nicht zu.

Er schüttelte den Kopf und dachte insgeheim: *Nichts.*
Nichts ergab hier einen Sinn.

Er vertraute nicht der Arbeit seines Ex-Kollegen, aber er konnte ja nicht an alle Türen des Mietshauses klopfen und mit den Nachbarn sprechen, auch wenn Giannino die Polizeimarke dabeihatte, er wollte ja nicht auffallen.

Er musste jedoch etwas klären.

Dem Bericht der Einsatzpolizei zufolge hatten vier Familien, die in den beiden Stockwerken unterhalb der Mansarde wohnten, mehr oder weniger dieselbe Aussage gemacht: Niemand hatte etwas bemerkt, untertags hatten alle gearbeitet und am Abend hatte es stark geregnet, ein stürmischer, eiskalter Wind hatte geweht. Nur die Dame im Stockwerk direkt darunter hatte ungefähr zur Zeit des Abendessens etwas gehört, jedoch nicht weiter darauf geachtet. Aber immerhin hatte sie die Polizei gerufen, also sollte er sich vielleicht kurz mit ihr unterhalten.

Giannino hatte eine Idee.

– Wir geben uns als Journalisten aus, Herr Ingenieur. Vom „Resto del Carlino". Das funktioniert bestimmt.

Und es funktionierte tatsächlich, auch wenn Signora Maria zuerst verdutzt auf der Schwelle stand, doch dann erwiderte sie Gianninos Lächeln und bat sie hinein. Als er die Zeitschrift „Bolero" auf dem Tisch im Speisezimmer liegen sah, sagte er etwas über Ruggero und Silvia, *Sarà un vero addio,* und wie gut die Sereni sich in Fotoromanen machte, und da forderte die Signora sie auf, Platz zu nehmen.

– Einen Kaffee oder einen kleinen Wermut?

– Einen Kaffee, danke, antwortete De Luca erfreut, und Giannino nickte, obwohl ihm ein Wermut lieber gewesen wäre.

Es war keine sehr große Wohnung, aber sie war warm, in einer Ecke des Zimmers stand ein Ofen, und auf dem Boden daneben saß ein Kind in kurzen Hosen, mit Frostbeulen an den Knien, sie bemerkten es erst, als es hustete. Es saß im Schneidersitz und zeichnete mit einem Bleistift in ein Heft.

– Hallo, wie heißt du?, fragte Giannino, aber Signora Maria rief etwas aus der Küche, während sie die Kaffeemaschine auf den Herd stellte.

– Sie erwähnen doch nicht meinen Namen, oder?

– Nein, Signora, da können Sie ganz beruhigt sein.

– Die Polizei hat nämlich zu mir gesagt, ich solle mit niemandem sprechen. Und außerdem will ich nicht, dass sie anfangen herumzuschnüffeln, die sind ja zu allem fähig.

– Wer?

– Die Neger.

Giannino schaute De Luca an. Er wollte eine Frage stellen, doch es erübrigte sich.

– Ich bitte Sie, ein junger wohlhabender Mann, sogar gut aussehend … trotzdem …

Sie kam aus der Küche, hatte die Schürze abgenommen und richtete sich die im Nacken zusammengebundenen Haare. Plötzlich sah sie das Kind an und klatschte in die Hände.

– Albertino! Auf dem Boden ist es kalt! Setz dich aufs Bett, um deine Hausaufgaben zu machen.

– Was trotzdem?, fragte De Luca.

– Nichts, ich bitte Sie, wir sind ja mittlerweile modern … – Sie zeigte mit der Fingerspitze auf die Zimmerdecke und senkte die Stimme. – Die Frauen kamen und gingen … Sie haben den ganzen Tag Platten gespielt, guter Gott, ich mag ja Musik, – sie lächelte Giannino an, – aber dieses Zeug, wie heißt es doch gleich, *Tschäss*, wie mein Mann sagt, – Giannino stimmte in ihr Lachen ein, – das gefällt mir gar nicht. Wollen Sie wissen, wen ich liebe? Claudia Villa.

Aus der Küche hörte man das brodelnde Geräusch der Kaffeemaschine. Signora Maria sagte *entschuldigen Sie* und De Luca seufzte ungeduldig, aber als sie mit dem Tablett in der Hand zurückkam, war die Lust auf Kaffee einen Augenblick lang wichtiger als alles andere.

– Wie viele Würfel Zucker?, fragte sie.

– Einen, sagte De Luca.

– Drei, sagte Giannino.

– So viele? Sind Sie vielleicht liebeshungrig? Hat ein fescher Mann wie Sie etwa keine Verlobte? Albertino!

Das Kind saß noch immer auf dem Boden. Es stand auf, verließ jedoch nicht das Zimmer, sondern kam zum Tisch. Es kniete sich auf einen Sessel an einer Seite des Tisches und begann wieder zu zeichnen. Es zeichnete eine große lange menschliche Figur mit riesigem Kopf auf das großkarierte Blatt.

– Was ist das?, fragte Giannino. – Ein Monster? Ein Teufel?

– Albertino! Die Lehrerin hat dir verboten, solche Sachen zu zeichnen. Er ist ein braves Kind, aber etwas schüchtern, er plagt sich sehr in der ersten Klasse …

– Schon gut, sagte De Luca, – Professor Cresca hat Frauen empfangen, Platten gespielt … Was haben die Neger damit zu tun?

– Er hat mit seinen Musikerfreunden gefeiert, getrunken und gespielt, und hin und wieder waren auch Neger dabei, sagte sie leise und senkte die Stimme. – Ich habe nie welche gesehen, einmal hat die Dame aus dem Stockwerk darunter einen gesehen, einen Riesenneger. Wissen Sie, was mein Mann sagt? Die rauchen Haschzigaretten und dann … – Sie machte eine unmissverständliche und bedrohliche Geste mit der Hand auf Höhe des Halses. – Ich habe es bereits der Polizei gesagt, für mich war es einer von denen. Aber schreiben Sie ja nicht meinen Namen in der Zeitung.

De Luca seufzte. Er trank schnell seinen Kaffee aus und verzichtete darauf, den Zucker am Boden wegzukratzen.

– Erzählen Sie uns bitte, wann Sie die Polizei angerufen haben.

Signora Maria fuchtelte mit den Händen, *Erinnern Sie mich bitte nicht daran*, dann zog sie einen Stuhl heran und setzte sich vor sie hin, mit den Armen auf dem Tisch, zu Giannino gewandt.

– Die Signora hat mich ausdrücklich gebeten, die Wäsche nicht vor zehn zu bringen.

– Signora Cresca?

– Ja, die Frau des Herrn Professors. Wir wussten ja nicht einmal, dass er verheiratet war, wir haben es aus der Traueranzeige im „Carlino" erfahren, nach dem Unfall, der Ärmste.

Sie bekreuzigte sich rasch und küsste den Knöchel des Zeigefingers.

– Davor haben Sie sie nie in der Mansarde gesehen?

– Nein, nie. Das war das erste Mal. Stellen Sie sich vor, ich dachte, Faccetta Nera sei seine Freundin, das Schwarze Gesichtchen, sie war öfter da als alle anderen.

– Das Schwarze Gesichtchen?

– Mein Mann nennt sie so, er hat ja den Afrikafeldzug mitgemacht, er sagt, sie muss Abessinierin sein, ein Mischling jedenfalls, weil sie nicht ganz so schwarz ist. Sie kam öfter als die anderen. Aber seine Frau nie. Guter Gott, es war eine Absteige, oder nicht? Ehefrauen besuchen keine Absteigen, oder?

Sie lachte, zu Giannino gewandt, De Luca seufzte.

– Erzählen Sie bitte weiter.

– Also, Mittwoch, so um elf, am Vormittag natürlich, habe ich Wäsche gewaschen, ich arbeite nämlich hier gegenüber als Wäscherin. – Sie zeigte auf die Tür gegenüber, in Richtung des Reno-Kanals entlang der Straße. – Stellen Sie sich vor, bei dieser Kälte, wir wollen ohnehin ausziehen, mein Mann macht deswegen Überstunden, spüren Sie die Feuchtigkeit? Das Kind hat dauernd Husten, – sie streckte die Hand aus und streichelte Albertino, der sich über die Zeichnung beugte, rasch über den Kopf, – ich bin also dort und wasche, da kommt diese schöne Frau, eine große, elegante Rothaarige, mit einer etwas großen Nase zwar, aber trotzdem schön, ich verstehe gar nicht, was er bei den anderen suchte, bei so einer Frau …

Giannino sah aus den Augenwinkeln, dass De Luca ungeduldig wurde, und fragte: *Und weiter?*

– Sie hat mich gefragt, ob ich ihre Wäsche waschen könne, also bin ich hinaufgegangen, und sie hat mir Bettwäsche gegeben, Laken und auch Handtücher …

– Kleider?

– Nein, nur Bettwäsche und Handtücher. Schöne Sachen, alle mit Initialen. Ich habe sie also gewaschen, aufgehängt, gebügelt und gestern Vormittag habe ich sie ihr hinaufgebracht. Ja nicht vor zehn, hat sie hinzugefügt, so eine schläft nämlich bis spät am Vormittag, im Gegensatz zu uns armen Werktätigen. Stellen Sie sich vor, sie hat mich sogar gebeten, hin und wieder aufzuräumen, schade, das Geld hätte ich gut gebrauchen können.

Sie schüttelte den Kopf, und auch Giannino schüttelte den Kopf und sagte *schade* und fügte sofort hinzu: *Und weiter?*

– Die Tür stand halb offen, ich habe geklopft, gerufen, doch niemand hat geantwortet, und dann habe ich die ganze Sauerei gesehen, das Zeug am Boden, zuerst dachte ich, Einbrecher, ich habe Angst bekommen und bin hinausgelaufen, um meinen Mann aufzuwecken, der gerade von der Nachtschicht nach Hause gekommen war und schlief, was ihm allerdings auch zustand. Claudio ist hinaufgegangen und sofort wieder heruntergekommen, er hat gesagt, er habe im Bad etwas Hässliches gesehen, und hat von der Bar aus die Polizei angerufen.

– Sie haben also nichts gesehen, sagte De Luca.

– Um Himmels willen, mich hätte der Schlag getroffen, ich wäre tot umgefallen. Zum Glück hat Albertino sie nicht gesehen, als er vor der Schule hinaufgegangen ist und Pipi gemacht hat, denn mit Verlaub gesagt, das Klo auf unserem Stockwerk ist immer verstopft, deshalb benutzen wir das Klo oben, Albertino will nämlich nicht mehr auf das Töpfchen gehen, also zum Glück hat er sie nicht gesehen, die Tür war offen, er hätte hineingehen können … Mein Mann hat gesagt, da war ein schneeweißer Rücken … – Signora Maria erschauerte. – Ich will nicht einmal daran denken.

De Luca nahm die Kaffeetasse und kratzte den Zucker mit der Löffelspitze heraus. – Eine letzte Frage noch … Sie haben gesagt, am Abend davor hätten Sie oben ein wenig Krach gehört.

Signora Maria zuckte mit den Achseln.

– Es hat geregnet, der Wind hat geweht und das Radio war an, und zwar Flo Sandon's und Natalino Otto, sagte sie zu Giannino gewandt, er nickte. – Wenn der Professor da war, waren wir an das Geschrei so gewöhnt, dass ich gar nicht darauf achtete.

– Wann?

– Es wird so um acht gewesen sein, vielleicht halb neun. Ich war spät mit dem Abendessen dran, ich habe Albertino gefüttert.

– Und was …

– Passatelli. Mit einer kräftigen Brühe. Sie wissen ja, – zu Giannino gewandt, – wegen dem Husten.

– Ich meinte, was Sie gehört haben.

– Eigentlich nichts, ich habe es Ihnen ja schon gesagt. Einen erstickten Schrei, ein paar Schläge, – sie zeigte zur Decke, – aber nur ganz leise. Zuerst dachte ich, sie tanzen, ich habe ja *La samba dell'uccellino* im Radio gehört, auch ich bekam Lust, tanzen zu gehen, ich erinnere mich gar nicht mehr, wie das geht.

De Luca stand brüsk auf.

– Danke, Signora, sagte er. – Wir stören Sie nicht länger.

Signora Maria schaute Giannino enttäuscht an, er zuckte mit den Achseln.

– Wie Sie sagten, wir sind arme Werktätige, die Arbeit ruft.

– Einen Augenblick.

De Luca blieb stehen, obwohl er schon fast auf der Schwelle stand. Es war ihm etwas eingefallen, und er wunderte sich, dass es ihm nicht früher eingefallen war. Signora Maria hatte ihn mit ihrem Geschwätz wahrscheinlich völlig betäubt.

– Albertino verrichtet sein Bedürfnis in der Gemeinschaftstoilette im oberen Stockwerk, nicht wahr? Auch am Abend, vor dem Schlafengehen?

– Ja, sagte Signora Maria.

– Auch an diesem Abend?

– Natürlich, ich schaue immer, dass er vor dem Zubettgehen Pipi macht, sonst … um Himmels willen! – Sie legte sich eine Hand auf die Lippen und plapperte weiter, doch De Luca gebot ihr Einhalt, indem er die Hand derart entschieden hob, dass sie mitten im Satz stockte.

– Albertino, fragte er, – hast du irgendetwas gesehen oder gehört, als du gestern oben aufs Klo gegangen bist?

Albertino nickte.

– Um Himmels willen, sagte die Signora, und diesmal gebot Giannino ihr Einhalt, indem er sie nicht sehr freundlich am Arm packte.

– Hast du etwas gehört?, fragt De Luca, aber Albertino schüttelte den Kopf. – Nein.

– Hast du die Wohnung betreten und dort etwas gesehen?, fragte Giannino, und Albertino schüttelte wieder den Kopf.

– Aber du hast etwas gesehen?, sagte De Luca, und diesmal nickte Albertino. Er schob das Heft weg.

– Teufelsfratze, sagte er, mit einer Stimme, die in der Stille heiser klang. – Er ist aus der Wohnung der Frau gekommen.

– Das passt alles nicht zusammen.

– Warum sagen Sie das, Herr Ingenieur? Wir haben sogar ein Phantombild des Mörders. Essen Sie die Tortellini nicht? Wäre schade, wenn sie kalt werden.

De Luca starrte auf den Teller vor sich. Als der Kellner den nach heißer Fleischbrühe und frischer Pasta duftenden Teller vor ihn hingestellt hatte, hatte sein Magen hungrig geknurrt, doch schon nach dem zweiten Bissen hatte er sich ablenken lassen; jetzt betrachtete er die Zeichnung, die anstelle der Serviette neben dem Teller lag.

Albertino hatte wohl ein gewisses Talent, denn trotz des Missverhältnisses zwischen Kopf und Körper war deutlich, dass es ein großer, schwerfälliger Mann war, das Gesicht war ganz genau gezeichnet, und man begriff, dass auch in Wirklichkeit ein Auge tiefer lag als das andere.

Groß und schwerfällig, ein schiefes Auge, blonde, spärliche Haare: Diese Details hatte das Kind gezeichnet, das durch den Spalt der halb offenen Klotür beobachtet hatte, wie Teufelsfratze aus der Mansarde gekommen war. Seither hatte er das Ungeheuer nicht mehr vergessen. Ja, Albertino hatte ein gewisses Talent. Und auch Geschäftssinn. Er hatte fünfzig Lire für die Zeichnung verlangt.

– Essen Sie sie wirklich nicht, Herr Ingenieur? Das ist schade.

De Luca nickte zerstreut, und Giannino streckte den Arm aus, zog den vollen Teller zu sich und stellte ihn auf seinen leeren.

– Eigentlich sollte ich sie nicht essen, denn ich nehme schön langsam zu, aber wie kann man darauf verzichten? Es heißt, die Tortellini bei *Diana* sind die besten in ganz Bologna ... Außerdem haben wir das Mittagessen ausgelassen, oder?

– Machen wir eine kurze Zusammenfassung, sagte De Luca, und Giannino hielt mit dem Löffel in der Luft inne.

– In welcher Hinsicht?

– Samstagabend, zwischen acht und halb neun betritt dieser Herr da, – De Luca hob Albertinos Zeichnung empor, – die Mansarde und bringt Signora Cresca um.

Giannino nickte mit vollem Mund.

– Sie selbst öffnet ihm.

Giannino hörte verdutzt auf zu nicken.

– Keine Einbruchspuren an der Tür. Einmal abgesehen vom Bericht der Einsatzpolizei: Hast du welche bemerkt, als du die Tür mit dem Dietrich geöffnet hast?

– Nein, sagte Giannino. – Sie verderben mir gerade den Appetit, Herr Ingenieur. Vielleicht sind die beiden ein Liebespaar, Sie wissen ja, wie es heißt: Die Schönheit liegt im Auge des Betrachters. Auch bei so einem, und er zeigte mit der Löffelspitze auf die Zeichnung.

De Luca zuckte mit den Achseln.

– Alles ist möglich, sagte De Luca. – Sie macht ihm auf oder vielleicht hat er einen Schlüssel. Irgendetwas passiert und er attackiert sie. Er schlägt sie mit dem Telefonhörer, er verletzt sie am Kopf, er bricht ihr die Nase und sie blutet. Er würgt sie mit der Telefonschnur.

Giannino hatte wieder zu essen begonnen. Er nickte heftig, schob sich einen Löffel Tortellini nach dem anderen in den Mund, schlürfte die Fleischbrühe.

– Dann hört er jedoch plötzlich auf.

Auch Giannino hörte zu essen auf. Er legte den Löffel auf den Teller und wischte sich den Mund mit der Serviette ab.

– Warum sprechen Sie nicht weiter?

– Weil der Fußbadruck unter dem Tisch, auf dem die Schreibmaschine steht, von einer Person stammt, die sich hingesetzt hat. Und da es der Abdruck eines kleinen nackten Fußes ist, kann er nur von Signora Cresca stammen. Nachdem sie mit dem Telefonhörer geschlagen worden ist, setzt sie sich blutüberströmt an die Schreibmaschine und schreibt etwas.

De Luca bewegte die Finger, als würde er Maschine schreiben.

– Er hat sie gezwungen, sagte Giannino.

– Ach ja? Und warum? Schreibmaschinenschrift sieht ja immer gleich aus, auch er hätte schreiben können. Irgendwann taucht Teufelsfratze jedenfalls ihren Kopf in die Badewanne und ertränkt sie. Dann durchsucht er die Regale und wirft den Inhalt aufs Bett, zerbricht alle Jazzplatten und läuft mit den Kleidern der Signora davon.

– Den Kleidern?

– Hast du welche gesehen? Nur ihre Schuhe waren da. Außer Signora Cresca ist nackt in die Mansarde gekommen, aber das glaube ich nicht, schon wegen der Kälte, also muss jemand ihre Kleider mitgenommen haben. Ich habe dir ja gesagt, das passt alles nicht zusammen.

Am Boden unter dem Tisch lag die cremefarbene Mappe des Polizeipräsidiums. De Luca nahm sie und blätterte die Dokumente mit den Fingerspitzen durch, er öffnete die Mappe kaum, er suchte nur das Foto, auf dem Signora Cresca rücklings auf dem Badezimmerboden lag, aufgebläht und nackt. Er fand das Foto und studierte es so aufmerksam, dass er alles um sich herum vergaß. Giannino beugte sich über den Tisch und schloss die offen daliegende Mappe.

– Herr Ingenieur, ich bitte Sie ... Die Leute hier essen.

Es war Montag, aber kurz vor Weihnachten, und das Lokal war voll, es war mit Lametta geschmückt und hell erleuchtet. Vor dem Spiegel stand ein Weihnachtsbaum, der die ganze Wand hinten bedeckte, und fröhliches Stimmengewirr erfüllte den langen Speisesaal.

Kaum hatten sie das Haus auf der Via Riva di Reno verlassen, hatte Giannino gesagt, bei der Erwähnung der Passatelli habe er Hunger bekommen, mittlerweile sei es Essenszeit und da die Spesenrechnung seit De Lucas Ankunft größer ausfallen durfte, konnten sie sich auch ein Luxusrestaurant wie das *Diana* leisten, *nicht wahr, Herr Ingenieur?*

Giannino winkte dem Kellner in weißer Jacke, der am Eingang zur Küche mit verschränkten Armen am Türpfosten lehnte und wartete.

– Lassen wir uns den Wagen mit gekochtem Rindfleisch kommen, Herr Ingenieur? Dreißig, einunddreißig.

De Luca schüttelte den Kopf, doch dann ließ er zu, dass er auch für ihn bestellte und verschiedene Stücke auswählte, die der Kellner mit einem großen, scharfen Messer abschnitt. Beide, der Kellner und Giannino, nickten dabei mit Überzeugung.

De Luca kostete nur ein Stück Rindfleisch und ein Stück Crema fritta, der frittierten Vanillecreme, die er auf Gianninos Drängen hin genommen hatte, dann legte er das Besteck neben den Teller, wie um zu sagen, dass er fertig war, und nahm wieder die Mappe zur Hand.

– Wie machen Sie das, Herr Ingenieur, leben Sie von Luft und Arbeit? Zum Glück ist die Signora schon obduziert worden, sonst hätten Sie sie herbringen lassen, oder? Wir haben noch genug Zeit, um einen Blick auf sie zu werfen, sie wird ja erst morgen beerdigt.

Oje, das war ein Scherz, ich wollte nicht, dass Sie auf dumme Ideen kommen.

De Luca seufzte, schloss einen Augenblick lang die Augen.

– Wie alt bist du, Giannino?

– Zweiundzwanzig, Herr Ingenieur.

– Tja, ich bin fast vierzig. Wie lange machst du diese Arbeit schon?

– Wie lange ich als Polizist arbeite? Er zuckte mit den Achseln.

– Seit heute. Wenn Sie jedoch meinen, wie lange ich schon als Spion arbeite, flüsterte er, indem er fast nur die Lippen bewegte, absichtlich übertreibend, – wahrscheinlich länger als Sie. – Dann fügte er *Herr Ingenieur* hinzu und lächelte wieder, denn kurz davor war sein Lächeln erstorben.

De Luca nickte.

– Wir müssen ein paar Dinge klarstellen. Auf jeden Fall bin ich bei dieser Untersuchung der Chef und du bist der Assistent. Wir machen es so, wie es mir passt, in meinem Tempo und mit meinem Rhythmus, wie ich es will.

– Aber sicher, Herr Ingenieur.

– Zweitens, nenn mich nicht dauernd Herr Ingenieur. Du sagst das bei jedem Satz, das ist lästig.

– Ist gut, sagte Giannino und biss sich auf die Lippen.

– In Bezug darauf, – De Luca schwenkte die Mappe, – hast du recht. Es hat keinen Sinn, darauf herumzureiten, inzwischen kenne ich sie auswendig. Entspannen wir uns lieber.

Er schenkte sich ein Glas Wein ein, und davor schenkte er Giannino eines ein, der dankte mit einem Kopfnicken. Dann nahm er seinen Teller mit Rindfleisch und reichte ihn ihm, er lachte.

– Hast du alles Nötige, um einen Film zu entwickeln?

– Sagten Sie nicht, wir sollen uns entspannen? Ja, im Büro.

– Können wir jetzt hingehen? Ich meine, danach, wenn wir hier fertig sind.

– Ich schon, Sie nicht. Wir sind inkognito, erinnern Sie sich? Ich bringe Ihnen die Fotos morgen in die Pension.

– Morgen Vormittag fahren wir zum Begräbnis und stellen den Freunden und Verwandten der Signora Stefania ein paar Fragen. Vor ein paar Tagen hat sie zum ersten Mal in ihrem Leben die Absteige ihres Mannes, des Playboys, aufgesucht, und zwar nur mit einer Toilettetasche und dem Allernötigsten. Ich möchte wissen, warum.

– Ist gut.

– Ich möchte auch wissen, ob die Signora in diesen Tagen jemanden angerufen hat. Soweit ich gesehen habe, hat die Einsatzpolizei keine Telefonlisten angefordert. Kannst du sie besorgen?

– Ist gut.

Ich möchte jedoch noch heute Abend die Fotos sehen, die du geschossen hast. Ich leide unter Schlaflosigkeit und wenn ich nichts zu tun habe, langweile ich mich. Du gehst ins Büro hinauf, ich warte unten im Auto auf dich.

– Ist gut.

Giannino lehnte sich an die Rückenlehne und lockerte Krawattenknopf und Hemdkragen.

– Essen Sie eine Nachspeise mit mir, Herr Ingenieur? Oder hätten Sie lieber einen Kaffee?

– Ja, sagte De Luca, – einen Kaffee.


Er litt tatsächlich an Schlaflosigkeit. In letzter Zeit konnte er nie vor zwei Uhr einschlafen, danach sank er in einen unruhigen Schlaf, und wenn er nicht arbeiten musste, schlief er bis in den Vormittag hinein. In letzter Zeit hatte er oft nicht arbeiten müssen.

Vor fünf Jahren hatte man ihn in Erwartung des Prozesses beurlaubt. Auf dem Tisch des Staatsanwalts, der ihn verhört hatte, lag die „l'Unità" vom 15. Juli 1948. Sie war geöffnet, die Schlagzeile auf der zweiten Seite lautete, WER IST KOMMISSAR DE LUCA, in Großbuchstaben, und darunter war ein Foto von ihm, er mit den Händen in der Manteltasche und mit schwarzem Hemd, und auch das „Giornale dell'Emilia" titelte im Lokalteil Bologna: „Beamter hat sich Entnazifizierung entzogen", in Kleinbuchstaben, aber fett.

Daneben lag geöffnet seine Akte mit einer orangen Karteikarte, auf der seine ganze Polizeikarriere unter dem Faschismus aufgelistet hätte sein sollen, seine Antworten bezüglich der letzten Phase, der Republik von Salò, fehlten jedoch. Und ganz oben auf der Akte lag ein hartes, von der Rückseite einer Lebensmittelkarte abgeschnittenes Kärtchen mit einem Stempel darauf: „Comitato di liberazione nazionale" – Widerstandsbewegung –, und darunter befanden sich enge, mit Maschine geschriebene Zeilen. De Luca hatte versucht, nicht hinzusehen, wie um sich zu schützen.

Er hatte geschwiegen, wie ihm sein Anwalt geraten hatte, ein schlaksiger Herr mit schlaffen Wangen, den er erst am Tag davor kennengelernt hatte und der ihm von irgendjemand geschickt worden war. Und er hatte versucht, ihm zu erklären, dass er nie wirklich ein Faschist gewesen war, beziehungsweise dass er ein Faschist gewesen war wie alle anderen auch, wie viele zumindest, dass er nur Polizist gewesen war, und zwar ein guter. *Der beste Detektiv der italienischen Polizei,* wie man ihn einmal genannt hatte. Dass er alle Fälle gelöst hatte, alle Mörder ins Gefängnis gesteckt hatte. Und dann hatte es Krieg gegeben, den 8. September, die Republik von Salò, und er hatte wieder zu arbeiten begonnen, denn er war einfach nur ein Polizist.

Ein Polizist.

Der Anwalt hielt eine Kopie des Cln-Berichts über die Aktivitäten der Staatspolizei in der Hand, der De Luca angehört hatte, eine Abschrift der Lebensmittelkarte auf einem weißen, ebenfalls eng mit maschinengeschriebenen Zeilen bedeckten Blatt, und da er beim Lesen die Stirn mit den Geheimratsecken gerunzelt hatte, hatte De Luca zu erzählen aufgehört, beinahe atemlos, er hatte gesagt: *Glauben Sie mir, ich war an keinem der Orte, die hier aufgezählt werden*, aber der Anwalt hatte ihn mit einer Handbewegung zum Schweigen gebracht.

Er hatte zu ihm gesagt, er solle beim Verhör mit dem Staatsanwalt einfach nur *nein* sagen, auf jede Frage, auf jede einzelne, und das hatte er auch getan.

An den Tagen darauf und an den Wochen danach hatte De Luca in seiner Unterkunft im Beamtenflügel der Polizeikaserne in Nettuno untätig gewartet, nahezu wie in einem Kerker.

Er wartete auf einer Pritsche liegend, mit den Händen im Nacken, fast immer angezogen, als ob er jeden Moment einberufen und, mehr noch, verhaftet werden könnte.

Er hatte gewartet.

Doch nichts war passiert.

Der Richter rief ihn nicht mehr zu sich, es wurde nicht mehr über den Prozess gesprochen, und auch den Anwalt sah er nie mehr. De Luca seinerseits stellte keine Fragen.

Er war nie vom Dienst suspendiert worden, er kehrte aus dem Urlaub zurück und man ließ ihn noch eine Zeit lang untätig in der Kaserne sitzen. Hin und wieder schickte man ihn an irgendeinen Polizeiposten an der Grenze, wo er jemanden vertreten sollte, immer im Büro. Ein Jahr lang musste er in der Polizeischule die Rekruten unterrichten, dann erkannte ihn der Sohn eines in Parma hingerichteten Partisanen und er kehrte wieder in die Vorhölle der

Kaserne zurück, wo er nichts zu tun hatte, hin und wieder wurde er in irgendein gottverlassenes Büro geschickt, wo er ebenfalls fast nichts zu tun hatte.

Dann eines Tages hatte man ihn nach Rom gerufen, ins *Ufficio affari riservati,* die Geheimdienstzentrale des italienischen Innenministeriums, und von dort aus hatte man ihn in ein anderes Büro des Geheimdienstes versetzt, und dann in noch eines und noch eines, an dessen Tür sich ein Schild mit der Aufschrift „Export-Import" befand, und dort hatte er den Commendatore D'Umberto kennengelernt: Er trug ein über dem Bauch offenes Gilet und sagte mit seiner belegten Stimme: *Hör zu, De Luca, um Polizist zu sein, braucht man ein Herz wie ein Hund.*

De Luca hatte nicht verstanden, von welchem Dienst er der Chef war, er hatte es ihm nicht gesagt und er hatte auch nicht gefragt. Aber als er ihm vorschlug, inkognito bei der Lösung eines Mordfalls mitzuarbeiten, ohne Befugnis und undercover, hatte De Luca *ja* gesagt, und nochmals: *Ja,* mit einem Kopfnicken und mit lauter Stimme.

Jetzt saß er auf der Bettkante, in dem Zimmer der kleinen Pension im Zentrum, in dem sie ihn untergebracht hatten, und betrachtete im Licht der Lampe auf dem Nachtkästchen das Farbband der Schreibmaschine, er spannte es mit den Fingern und kniff die Augen zusammen, um besser zu sehen.

Er fand nur ein paar deutliche Anschläge, die heftig auf dem roten Streifen, dem weniger benutzten, getippt worden waren, denn obwohl das Farbband mehr oder weniger neu war, war es schon ziemlich mitgenommen. Ein paar Buchstaben, Großbuchstaben: Dott. Pirro Ores.

Jeder hätte sie schreiben können, in jedem x-beliebigen Augenblick, doch De Luca verglich sie mit den Buchstaben auf dem abgerissenen Fetzen des blutverschmierten Kuverts. Sie waren mit genauso großer Heftigkeit auf dem roten Farbstreifen angeschlagen worden, und das bedeutete, dass die Tasten genau an diesem Tag angeschlagen worden waren, und zwar von den blutverschmierten Fingern Stefania Crescas, die am Tisch saß.

Er schrieb die Buchstaben auf ein Blatt Papier; er würde Giannino bitten, sie zu überprüfen. Dann betrachtete er die Fotos, die er entwickeln hatte lassen und die er rund um die gezeichnete Teufelsfratze auf den Boden gelegt hatte, dabei rieb er sich die Hände, denn ihm war kalt. Im Zimmer gab es zwar einen Ofen, aber er hatte nicht eingeheizt.

Er litt seit fast fünf Jahren an Schlaflosigkeit, kaum war er halb angezogen unter die Decke geschlüpft, um sich zu wärmen, schlief er ein: Und er schlief bis in den Vormittag hinein, wie ein Baby.

## 22. Dezember 1953, Dienstag

Am Morgen darauf war Bologna von einer Schneeschickt bedeckt, die so dicht und flockig war wie Sahne. Der Schnee war nachts lautlos gefallen, und De Luca bemerkte ihn erst, als er auf die Gasse hinaustrat, der Portier hatte gerade die Einfahrt freigeschaufelt. Giannino wartete ein Stück weiter vorne mit laufendem Motor, fast mitten auf der Straße, denn der Schnee lag wellenförmig um die vorstehenden Säulen der Arkaden, dort konnte man nicht parken.

Im Inneren der Aurelia war die Heizung an, aber De Luca hatte sich mit eiskaltem Wasser im Lavoir gewaschen, und es reichte ihm nicht, sich tief in den Sitz zu drücken und den Mantel fest zuzuziehen. Er dachte, er müsse sich etwas Wärmeres besorgen, vielleicht sogar einen Schal wie Giannino, der heute anstelle des gefütterten Trenchcoats einen Kamelhaarmantel trug. Er passte farblich zu dem Kaschmirschal, den er wie ein Foulard geknotet hatte und dessen Enden im V-Ausschnitt des Pullovers steckten. Der Rest war so wie immer, Brillantine in den Haaren, Seitenscheitel und Lächeln wie auf einer Werbung.

Es war nicht einfach, aus Bologna hinauszufahren. Die Schneeschaufler der Gemeinde hatten den Schnee noch nicht weggeräumt, und viele Straßenbahnen waren auf den verstopften Gleisen stecken geblieben, Giannino musste um sie herumfahren. Außerhalb der Stadtmauern war es dann einfacher, auch wenn sie nicht schneller vorankamen, Giannino musste aufpassen, dass sie nicht ins Rutschen kamen.

Seit der Abfahrt redete er ununterbrochen. De Luca duldete es, einerseits, weil er sich daran gewöhnt hatte, andererseits, weil er ihm die Liste mit den Telefonanschlüssen gebracht hatte, die in den letzten Tagen vom Telefon in der Mansarde in der Via Riva di Reno aus angerufen worden waren. Eigentlich hatte der Kommissar der Einsatzpolizei sie sofort verlangt, doch sie waren nicht in der cremefarbenen Akte gewesen. Giannino hatte sie schnell besorgt.

Am Tag des Mordes und an den beiden Tagen davor hatte es sechs ausgehende und drei eingehende Telefonate gegeben. Alle von und zu derselben Nummer. Das Telefon gehörte einer Apotheke in der Via Galliera in Bologna.

– Da, sagte De Luca und zog das Blatt aus der Tasche, auf dem er die Buchstaben notiert hatte, die auf dem roten Streifen des Farbbands angeschlagen worden waren. – Kannst du herausfinden, ob es einen Doktor Pirro gibt? Pirro Ores, Name und Nachname, doch er könnte auch Oreste heißen, wenn es eine Abkürzung ist.

Giannino zog eine Schnute. – Es wäre hilfreich zu wissen, um was für eine Art Doktor es sich handelt, Herr Ingenieur. Um einen Doktor der Medizin? Der Sprachwissenschaft? Der Philosophie? Es heißt, in Rom kann jeder Doktor werden, geschweige denn in Bologna, wo es seit neunhundert Jahren eine Universität gibt.

– Nicht nur in Bologna. Überall.

Giannino nahm die Notiz und steckte sie in die Tasche.

– Doktor Pirro Ores, in Italien und auf der ganzen Welt. Ist gut, Herr Ingenieur, das wird ein wenig dauern, aber ich versuche es.

Sie brauchten eineinhalb Stunden, um die sechzig Kilometer lange Strecke nach Bondeno zurückzulegen, und als sie ankamen, war das Begräbnis fast vorbei, aber es gab eine Art Leichenschmaus in der Villa von Stefanias Mutter, zu dem nur Verwandte und Freunde geladen waren. Sie hatten vor, sich als Freunde vorzustellen, und das taten sie auch, als entfernte Bekannte Stefanias und des Herrn Professors, je nachdem, aber das nützte nichts, denn die Familie schottete sich so ab, dass nicht einmal Giannino mit seinem süßlichen Getue es schaffte, mehr als ein paar beiläufige Worte zu wechseln. Dann sah De Luca sie.

Sie hing am Arm eines kleinen Mannes mit Glatze und großem Bauch, auch sie hatte ein paar Kilo zugelegt, seitdem er sie das letzte Mal gesehen hatte, aber sie sah trotzdem gut aus, ganz in Schwarz, vom Hut bis zu den Stiefeln, und schwarz war auch das Spitzentaschentuch, mit dem sie sich die Tränen abwischte. De Luca wies Giannino mit einer Bewegung des Kinns auf sie hin, und als sie sich von dem kleinen Dicken löste, trat er diskret auf sie zu, flüsterte *Hallo, Wanda,* und er war sich sicher, dass sie blass wurde, sogar unter dem Schleier.

Sie hatte sich so daran gewöhnt, Ferrareser Dialekt zu sprechen, dass es ganz natürlich klang, wenn sie das l doppelt so lange aussprach. Dabei stammte sie aus einem Dorf in der Nähe von Salerno und hieß nicht Wanda, sondern Concetta. Wenn die Bordelle in der Via delle Oche oder in der Via Bertiera ein Schild an die Tür hängten, „Heute arbeitet die Ferraresin", konnten sich die Freier darauf verlassen, dass sie da war. Als De Luca Direktor der Sittenpolizei in Bologna gewesen war, hatte er herauszufinden versucht, wofür die Mädchen aus Ferrara so berühmt waren, jedoch ohne Erfolg.

Wanda saß mit übereinandergeschlagenen Beinen auf dem Sitz der Aurelia zwischen De Luca und Giannino und hatte den Rock bis auf halbe Höhe der Schenkel hochgeschoben; mit der Fingerspitze umkreiste sie die Kniescheibe, strich langsam über den dunklen

Strumpf, doch auch das war nur eine Gewohnheit. Sie sprach ohne Eile und ohne Emotion, als ob sie an etwas anderes dächte, ihr Blick ruhte zerstreut auf dem Schnee hinter der Windschutzscheibe. So machte Wanda den Polizisten ihre vertraulichen Mitteilungen, tatsächlich sprach sie De Luca mit *Herr Kommissar* an.

– Arrogant, unsympathisch und sehr eingebildet. Mario hat sie nur geheiratet, weil sie während ihrer Verlobung schwanger wurde. Sie war damals erst neunzehn, er hielt sie für zweiundzwanzig oder dreiundzwanzig. Abgesehen davon, dass er nicht der Typ ist, der ein Mädchen sitzen lässt, musste er sie auch deshalb heiraten, weil ihr Vater nach dem Krieg gestorben ist. Er war ein großes Tier, er hatte dafür gesorgt, dass er nicht zum Militär gehen musste und stattdessen die Universität besuchen konnte, und als es für alle brenzlig wurde, schickte er ihn in die Schweiz, wo er den Abschluss machte. Mario war ein bedeutender Professor, das wissen Sie doch, oder?

Wanda schlug die Beine andersherum übereinander, sie zeichnete wieder die Konturen ihres Knies nach, diesmal mit der Spitze des Mittelfingers.

– Ach ja, Stefania. Im Gegensatz zu Mario gibt es über sie nicht viel zu sagen. Er war sympathisch, sie nicht, er war gebildet, sie nicht, er sehr aktiv, voller Interessen, sie nicht. Eifersüchtig wie ein Affe, aber nicht nur auf seine Geliebten, obwohl er gar nicht so viele hatte, das war vielmehr eine Pose, so etwas erwartete man ja von einem wie ihm. Ich weiß das, denn als ich zu arbeiten aufgehört habe, habe ich jemanden gesucht, der mich aushält, und da habe ich es zuerst bei Mario probiert, wir hatten gemeinsame Freunde, aber er hat mir zu verstehen gegeben, dass er kein Interesse habe, nein danke. Doch er hat mich meinem späteren Mann, Pucci, vorgestellt, dem Commendatore Raggi, übrigens ein Cousin Stefanias. Ich werde ihn nie vergessen, wirklich nicht. Was für ein Unglück, dass er an diesem Tag … Haben Sie die Blumen an der Straße gesehen, ein paar Kilometer vor Malalbergo? Nein, wahrscheinlich nicht bei dem vielen Schnee.

Wanda zog den Rotz hoch. Sie warf einen Blick auf das Tor der Villa und flüsterte: *In einer Minute muss ich wieder hinein.*

– Feinde? Viele und keine, aber eher keine. Das war nicht ihr Verdienst, es gab vielmehr keinen Grund, sie ernst zu nehmen. Freunde? Genauso wenige. Nach Marios Tod war ich zweimal zum Abendessen dort, Pucci fühlte sich verpflichtet, sie zu trösten, wir kannten einander schon eine Zeit lang, aber sie erinnerte sich nicht mal an meinen Namen. Jetzt heiße ich Marcella, Herr Kommissar, bitte vergessen Sie das nicht. Aber, warten Sie, in letzter Zeit hatte sie einen neuen Freund, vielleicht sogar mehr als einen Freund. Aldino Scaglianti. Er war ein Freund Marios, er spielte in seiner Band. Mario hingegen spielte nichts, er war ein leidenschaftlicher Jazzfan und als er von seinen Reisen in die USA zurückkehrte, stellte er diese Band zusammen, lauter Universitätsleute, Aldino spielte Saxofon. Ich kenne ihn, weil wir uns ein wenig nähergekommen sind, ihr habt Pucci ja gesehen, er ist ein braver Ehemann, aber er sieht nicht gerade aus wie Clark Gable. Nach Marios Tod hat Aldino sich verändert, wir haben uns zwar alle verändert, aber er am meisten. Er hat mich sozusagen sitzen lassen und sich Stefania angenähert, obwohl sie einander davor richtiggehend hassten. Heute war er nicht da. Keine Ahnung, warum nicht. Er spielt zwar heute Abend mit der Band im Modernissimo, aber auf einen Sprung hätte er schon kommen können.

Wanda streckte die Beine unter dem Armaturenbrett aus. Sie strich die Strümpfe über den Schenkeln glatt, das Kleid über den Strümpfen und den schwarzen Samtmantel über dem Kleid.

– Keine Ahnung, wer Stefania umgebracht hat und warum. Jetzt muss ich aber wirklich gehen.

Giannino sah De Luca an, dieser nickte. Er stieg aus und hielt ihr mit einer kleinen Verbeugung die Tür auf. Wanda rutschte über den Sitz und sprang in den Schnee hinaus. Bevor sie ging, hielt sie De Luca die Hand hin.

– Herr Kommissar, ich gebe Ihnen die Hand, weil ich nicht mehr Wanda aus Ferrara bin. Zu Pucci habe ich gesagt, ich heiße Marcella und habe in Argelato als Lehrerin gearbeitet, vergessen Sie das bitte nicht.

– Bleib stehen, bleib sofort stehen!

Giannino trat auf die Bremse, ohne sie durchzudrücken, denn das Auto neigte dazu, nach rechts auszuscheren. De Luca hatte schweigend auf das Blatt mit den Telefonnummern getrommelt, nach Malalbergo hatte er mit der Stirn am eiskalten Fenster auf die Bäume gestarrt, die auf der anderen Seite der Straße vorbeizogen, und da hatte er plötzlich die Blumen gesehen, die an einem Baumstamm festgebunden waren, hoch genug, um nicht im Schnee unterzugehen. Er drückte die Klinke, noch bevor die Aurelia völlig zum Stehen gekommen war, und öffnete die Tür.

– Wohin gehen Sie, Herr Ingenieur? – Giannino stand neben dem Auto, auf der Seite der Straße. Nun schneite es auch wieder.

– Macht es Ihnen was aus, wenn ich hierbleibe? Ich habe Schuhe von Roveri an.

De Luca ging über die Straße bis zum Baum, er sank im Schnee ein. Dort hing ein Büschel feuchter, verwitterter, mit einem schwarzen Samtband festgebundener Blumen. Er wollte es berühren, doch dann hielt er mitten in der Bewegung inne, schaute auf der weißen, menschenleeren Straße nach rechts und nach links und ging zum Auto zurück.

– Such mir was über den Unfall raus.

– Den Unfall? Welchen?

– Den, bei dem Professor Cresca umgekommen ist. Vor einigen Monaten, wie mir scheint.

– Warum? Wir sind doch hier, um einen Mordfall zu klären, bei dem eine Frau in der Badewanne ertränkt wurde, oder?

– Such mir was raus.

– Schon gut. Aber ich verstehe nicht, warum. Ich halte das für eine Zeitverschwendung, man hat uns gesagt …

– Tu bitte, was ich dir sage.

– Ist recht.

Giannino beschleunigte zu stark, stieg auf die Bremse und schaltete mit dem Hebel am Steuer in den zweiten Gang zurück. De Luca fröstelte, beim Gehen im Schnee waren seine Schuhe nass geworden. Er schaute Gianninos polierte Schuhe an, sie liefen beinahe spitz zu und hatten anstelle der Schuhbänder eine kleine silberne Schnalle.

– Von wem, hast du gesagt, sind die Schuhe?

– Roveri. Das ist ein Laden, der sie nach Maß anfertigt. Guter Gott, Fini wäre der beste, aber bei unserem Gehalt kann ich mir die niemals leisten, Herr Ingenieur.

– Du ziehst dich gern gut an.

Giannino zuckte mit den Achseln.

– Der Mantel?

– Boni. In der Via Ugo Bassi. Auch der Pullover. Das Hemd hingegen ist von Fiorini. Aber nicht maßgeschneidert, sondern von der Stange.

– Wahrscheinlich hast du großen Erfolg bei den Mädchen.

– Ich kann mich nicht beklagen.

Er hatte aufs Neue zu sehr beschleunigt. Er bremste etwas stärker und das Auto brach nur ein wenig aus, aber aufgrund des

Lenkrads rechts hatte De Luca das Gefühl, mitten auf der Straße zu sitzen, und hielt sich instinktiv an der Klinke fest. Er wartete ein wenig, schweigend. Merkwürdigerweise schwieg auch Giannino.

– Was machst du heute Abend?, fragte De Luca plötzlich.

– Ich? Keine Ahnung, wahrscheinlich …

– Lass uns ein wenig Musik hören, gehen wir ins Modernissimo.

Giannino warf De Luca einen Blick zu, blickte jedoch gleich darauf auf den Finger, der auf eine Nummer in der Tabelle zeigte, und zwar auf die Telefonnummer, die von der Mansarde aus angerufen worden war, immer dieselbe.

– Apotheke Scaglianti. Entweder hatte Signora Stefania eine akute Grippe oder da ist etwas faul. Plaudern wir ein wenig mit Aldino, die Band spielt heute Abend, nicht wahr?

– Ja, gewiss, sagte Giannino und bremste aufs Neue, weil er wieder zu sehr beschleunigt hatte.

An der Tür des Saals oberhalb des Theater- und Kinosaals *Modernissimo* war ein Flugblatt angebracht, darauf stand: „Alma Mater Dixie Jazz Band".

Sie waren zu fünft, trugen alle einen schwarzen Nadelstreifenanzug mit breiten Streifen, und drängten sich auf der Bühne ganz hinten in einem quadratischen Saal, der aufgrund des Zigarettenqualms und der Dunkelheit kleiner wirkte, andererseits aber auch größer, weil er fast leer war. Sie spielten konzentriert, mit geschlossenen Augen, wirkten, selbst wenn sie nicht in die Posaune oder ins Horn bliesen, wie hypnotisiert, doch die Musik klang irgendwie falsch, das Klavier und auch die Trommelbesen hinkten der Melodie nach.

Sogar De Luca fiel das auf. Sie setzten sich ganz hinten in eine Ecke, Giannino gab ihm recht. – Sie imitieren die *Magistratus*, doch die sind außergewöhnlich, die da hingegen sind erbärmlich.

Als ein junger blonder Mann mit rundem Gesicht ins Saxofon blies, lächelte er mitleidig.

– Wenn das unser Aldino ist, Herr Ingenieur, dann hoffen wir, dass er als Apotheker besser ist denn als Musiker.

Dann kam sie.

Sie war ihnen nicht aufgefallen, denn sie hatte auf einem Stuhl neben der Bühne gesessen, und sie hatten nicht einmal auf sie geachtet, als sie zum Mikrofon ging, denn sie hatten nur Augen für den erbärmlichen blonden Saxofonisten.

Aber als sie *I'll Never Be the Same* sang, schnellte sein Kopf herum, als hätte er einen elektrischen Schlag abbekommen, er saß mit offenem Mund da und flüsterte: *Guter Gott, Herr Ingenieur, die anderen sind erbärmlich, aber die da ist ausgezeichnet.*

Und das war sie tatsächlich, sie sang mit einer schönen, weichen und tiefen Stimme, und noch dazu sehr leidenschaftlich, nach vorn gebeugt, die Lippen berührten den großen Zylinder des Mikrofons, als wolle sie ihn küssen, De Luca war jedoch etwas anderes aufgefallen.

Hübsch, jung, die schwarzen Haare im Nacken zusammengebunden, das ebenfalls schwarze, gerade und schlichte Kleid reichte bis knapp zu den Knien. Aber vor allem fiel ihm ihre schwarze Haut auf, nicht dunkelschwarz, aber eine Spur zu schwarz, um weiß zu sein.

*Faccetta Nera,* Schwarzes Gesichtchen, dachte De Luca.

Als sie zu singen aufhörte, begann Giannino frenetisch zu klatschen, und das spärliche Publikum fiel in den Beifall ein. Das Mädchen schaute her, zum Schutz gegen das grelle Licht eines auf die Bühne gerichteten Scheinwerfers hatte sie die Hand auf die Stirn gelegt, dann schickte sie ein Luftküsschen.

– Die italienische Lena Horne, Herr Ingenieur, glauben Sie mir. Oder besser gesagt, die bolognesische Lena Horne, ihrer Aussprache nach zu schließen. Aber gut, verdammt noch mal, sehr gut, sie hat so traurig gesungen, ich bin ganz gerührt.

*Bravo!*, schrie Giannino und das Mädchen lächelte. Sie sah den Blonden an, um sich mit ihm abzustimmen, dann zog sie die Schuhe aus und stellte sich auf die Zehenspitzen, dabei schnalzte sie mit den Fingern, um den Takt vorzugeben. Auf den Zehenspitzen, denn anders reichte sie nicht zum Mikrofon, mit ausgestreckten Armen, um das Gleichgewicht zu halten, lauschte sie mit geschlossenen Augen dem Intro, und sie öffnete sie auch nicht, als sie zu singen begann.

– *Stormy Weather,* flüsterte Giannino, – ich sagte doch, die bolognesische Lena Horne …

Sie sang jedoch nicht lange, denn am Ende der Strophe machte ihr der Blonde ein Zeichen und sie nahm ihre Schuhe, verließ die Bühne und ging zu ihrem Stuhl zurück.

Giannino wartete ein Weile, immer ungeduldiger, dann tippte er De Luca auf die Schulter.

– Danach gehen bestimmt alle runter ins Café des Modernissimo. Was meinen Sie, Herr Ingenieur, warten wir dort auf unseren Aldino?

Sie warteten fast eine Stunde, an einem Tisch neben der Tür, damit sie Aldino sehen konnten, falls er gleich in die Arkaden hinausging und nicht ins Café kam.

Als Erstes kamen der Pianist, der Schlagzeuger und das Mädchen, sie blieb an der Theke stehen, während die anderen sich an einen Tisch neben einem Weihnachtsbaum setzten. Sie holten Stühle von einem anderen Tisch

– Gibst du mir ein schnelles Bier? Zu Hause warten sie auf mich, sagte sie zum Barmann, dann bemerkte sie Giannino, der ihr leise Beifall klatschte, und warf ihm noch ein Luftküsschen zu.

– Die italienische Lena Horne, sagte De Luca und sie lächelte.

Sie machte einen Schluck Bier, dann kam sie zu ihnen.

– Meinen Sie das ernst?, fragte sie. – Oder sagen Sie das nur, weil ich *Stormy Weather* gesungen habe.

De Luca zuckte mit den Achseln, wusste nicht, was er antworten sollte, und warf Giannino einen raschen Blick zu.

– Er meint es ernst. Unser Herr Ingenieur ist ein bedeutender Musik-Impresario, er kennt sich aus, er hat absichtlich nicht Billie Holiday gesagt, weil er *I'll Never Be the Same* gehört hat. Gestatten Sie mir eine Frage? Sie haben die Songs so traurig gesungen … ich meine, sie sind ja melancholisch, aber Sie …

– Ich habe vor Kurzem einen Freund verloren, sagte das Mädchen.

An der Art, wie sie die Lippen in den Bierschaum tauchte, erkannte er, dass sie nicht mehr sagen würde.

– Ingenieur Morandi, sagte er und hielt ihr die Hand hin.

– Claudia.

– Ich heiße Giannino. Setzen Sie sich einen Augenblick zu uns?

– Gern, aber zu Hause wartet man auf mich.

– Wir würden Sie gern noch mal hören, nicht wahr, Herr Ingenieur?

De Luca nickte und Claudia lächelte.

– Mit der Alma Mater?, fragte sie, dann bemerkte sie Gianninos Gesichtsausdruck und lächelte wieder.

– Für gewöhnlich spielen sie besser, fügte sie hinzu.

– Täusche ich mich oder ist der Saxofonist ein wenig eifersüchtig?, fragte De Luca. – Wie heißt er?

– Aldino, Aldo Scaglianti, er ist der Bandleader. Auch er spielt für gewöhnlich besser. Mit der Alma Mater steht jedenfalls demnächst kein Konzert auf dem Programm. Ich singe am Weihnachtstag, dem 25., im Freizeitklub der Eisenbahner. Aber das ist ganz etwas anderes. Du lieber Himmel, da ist die Straßenbahn!

Sie winkte ihnen zum Abschied zu, schlüpfte in den Mantel, fröstelte bereits in Erwartung der Kälte, und lief auf die Piazza hinaus, wo die Straßenbahn stand.

– Ich habe verstanden, sagte Giannino, – das ist die kleine Schwarze des Herrn Professors ... Wie nannte die Wäscherin sie gleich?

*Faccetta Nera,* dachte De Luca aufs Neue, sprach es jedoch nicht aus.

– *Faccetta Nera,* sagte Giannino und lachte.

Dann wurde er plötzlich blass. Er stand auf, drehte dem Saal den Rücken zu, packte De Luca am Arm und zog unauffällig daran, damit auch er aufstand.

– Gehen wir, Herr Ingenieur, flüsterte er.

– Warum?, sagte De Luca. – Wir müssen doch warten ...

– Zahlen Sie, Herr Ingenieur. Ich warte draußen auf Sie.

Er begriff nicht. Aldino war gerade mit dem Rest der Band ins Lokal gekommen. Er kam etwas später als die anderen, gemeinsam mit einem glatzköpfigen Mann mit Brille, der genauso klein war wie er. Da war Giannino mit dem Kinn im Mantelkragen und hochgezogenem Schal schon hinausgestürmt. De Luca ließ ein wenig Kleingeld auf dem Tisch neben der Kaffeetasse liegen und ging hinaus.

Er wollte etwas sagen, doch Giannino packte ihn wieder am Arm und zog ihn hinter sich her, zwang ihn, ihm hinter eine Säule der Arkaden zu folgen, sie stiegen mitten in einen Schneehaufen, den die Schneeschaufler hier zusammengeschoben hatten.

Aldino und der glatzköpfige Mann kamen aus dem Café, auch sie mit bis oben zugeknöpften Mänteln. Sie gingen schnell über die Straße zu einem schwarzen Topolino und setzten sich hinein. Der glatzköpfige Mann saß am Steuer, er fuhr rasch weg.

– Na und?, fragte De Luca ungeduldig.

– Sie haben gesehen, dass Aldino mit einem Mann zusammen war, oder? Kennen Sie diesen Mann?

– Nein.

– Er kennt Sie wahrscheinlich auch nicht, Sie sind ja neu hier. Aber möglicherweise kennt er mich, wenn er mich gesehen hätte, hätten wir alles verschissen, wie die wohlerzogenen Leute sagen.

– Warum?

– Weil diese glatzköpfige Schildkröte auch ein Spion ist, Herr Ingenieur. Er heißt Amleto Giorgini. Ein Agent des russischen Geheimdienstes.

## 23. Dezember 1953, Mittwoch

Zwei Zeitungsausschnitte.

– Zwei Zeitungsausschnitte?

– Mehr habe ich nicht gefunden, Herr Ingenieur.

Zwei Zeitungsausschnitte. Beide aus dem „Giornale dell'Emilia", im Abstand von einem Tag erschienen, am 20. und 21. Oktober 1953.

Tragischer Unfall auf der Bundesstrasse nach Ferrara, lautete der erste, der drei Spalten lang war.

Morgen in Ferrara Begräbnis von Professor Cresca und seines Neffen, lautete der zweite, der zweieinhalb Spalten lang war.

– Herr Ingenieur, ich habe mein Bestes gegeben. Ihnen ist das wahrscheinlich egal, aber bald ist Weihnachten. Lassen Sie sich ja nichts Besonderes für morgen einfallen, ich fahre nach Florenz zu meiner Familie, wir gehen am 24. in die Christmette und am 25. essen wir gemeinsam zu Mittag.

Im ersten Zeitungsausschnitt wurde sehr knapp und zur Gänze im Konjunktiv der Ablauf des Unfalls beschrieben. Das Auto des bekannten Professors Cresca mit dem zwölfjährigen Neffen an Bord habe zu einem gewagten Überholmanöver angesetzt und sei frontal gegen einen Lkw gekracht, der aus der Gegenrichtung gekommen sei. Sowohl der Professor als auch sein Neffe seien auf der Stelle tot gewesen.

– Ich glaube, verstanden zu haben, dass Ihnen die Heilige Messe nicht viel bedeutet, aber wenn Sie am 25. zu uns zum Essen kommen wollen, sind Sie herzlich willkommen.

Der zweite Zeitungsausschnitt war fast gleichlautend, allerdings im Indikativ verfasst. Zudem wurden Details bezüglich des Begräbnisses genannt, es wurde erwähnt, dass das Kind nach einem Urlaub in Ferrara mit dem Professor nach Bologna gefahren war, außerdem wurde der Name des Chefs der Straßenpolizei erwähnt, der die Untersuchung geleitet hatte.

– Warum grinsen Sie so?, Herr Ingenieur.

– Weil das Schicksal viel Sinn für Humor hat. Bring mich in die Kaserne der Verkehrspolizei. Weihnachten ist erst in zwei Tagen, da wird doch noch jemand da sein, oder?

Nichts hatte sich verändert, allerdings war Maresciallo Pugliese gealtert. Klein, mit Hakennase, die spärlichen mithilfe von Brillantine zurückgekämmten Haare bildeten im Nacken eine Welle, mittlerweile glich er weniger einem Raben als einer Krähe. Er war nicht mehr schwarz, sondern grau, der Hut, der Mantel, sogar das Gesicht waren ein wenig grau.

In der Kaserne der Verkehrspolizei hatte ein Polizist mit Stiefeln und engem Gürtel wie der eines Toreros gesagt, der Maresciallo sei bereits in den Weihnachtsferien.

In dem Haus auf der Piazza Santo Stefano, in dem Pugliese wohnte, hatte der Portier gesagt, der Cavaliere säße gewiss unter den Arkaden neben der Kirche und rauche eine Zigarre, das mache er immer an Feiertagen nach dem Essen, trotz der Kälte, Pater Marella bettle ja auch bei Schneefall um Almosen. Er trat an die Tür und zeigte auf ihn, *Da ist er.* Pugliese lehnte mit beiden Armen auf der Brüstung zwischen den Säulen und blickte auf die Piazza hinaus.

Als Pugliese De Luca kommen sah, erkannte er ihn nicht gleich, denn auch er hatte sich verändert, aber sofort darauf runzelte er die Stirn und zuckte überrascht mit den Achseln.

– Kommissar, ich glaub es nicht ... Sie sind es!

Er zog einen Handschuh aus, doch er drückte nicht De Lucas Hand, sondern packte sie vielmehr mit beiden Händen, eine war nackt und warm, die andere steckte in einem kalten, nassen Lederhandschuh. De Luca lächelte so breit, dass ihm die Tränen kamen.

– Habe ich Sie mit dem richtigen Titel angesprochen? Sie sind doch noch immer Kommissar, oder täusche ich mich?

– Fast. Aber alle nennen mich Ingenieur. Aber fragen Sie mich nicht nach dem Namen meiner Dienststelle, ich kenne ihn nämlich nicht.

Giannino war nervös geworden. Pugliese warf ihm einen belustigten Blick zu, dann wandte er sich wieder an De Luca, mit spöttischem Blick und einem Grinsen unter der Hakennase. Jetzt glich er doch wieder einem Raben. Auch der noch immer starke südliche Akzent verlieh ihm etwas Sarkastisches.

– Als ich Sie kennengelernt habe, waren Sie Chef einer Truppe der Staatspolizei, dann Kommissar der Einsatzpolizei, dann stellvertretender Kommissar bei der Sitte, – er machte eine kreisförmige Bewegung mit der Hand in verkehrter Richtung, – und jetzt sind Sie Geheimagent. Wie haben Sie erfahren, dass ich hier bin?

– Wir waren davor in der Kaserne ...

– Und da haben sie Ihnen meine Wohnadresse gegeben?

– Nein, aber der Junge da ist sehr gut darin, Informationen herauszubekommen.

Noch ein Blick auf Giannino, der immer nervöser wurde, Pugliese hob den Hut und senkte kaum merklich den Kopf, dann zuckte er mit den Achseln.

– Sind Sie gekommen, um mir eine Arbeit anzutragen, Herr Kommissar? In zwei Wochen gehe ich in Pension.

Am eisernen Geländer lehnte ein Stock, De Luca bemerkte ihn erst in diesem Augenblick, außerdem fiel ihm auf, dass Pugliese unnatürlich steif wirkte.

– Nein, deshalb ist es nicht. Ich habe eine verletzte Sehne, weil ich in Sizilien bei der Jagd nach dem Banditen Giuliano eine Kugel abbekommen habe, aber ich eigne mich noch immer hervorragend für den Schreibtisch. Doch ich bin müde geworden, so habe ich eine Chance ergriffen. Sie haben mir die Kriegsjahre, die Jahre bei der Resistenza, doppelt angerechnet, auch die Verletzung haben sie mir angerechnet, und da bin ich nun.

– Ich kann mir gar nicht vorstellen, dass Sie kein Polizist mehr sind.

– Ich mir auch nicht, Kommissar.

Pugliese steckte die nackte Hand in die Manteltasche und zog eine Schachtel mit toskanischen Zigarren heraus. Er hielt sie De Luca hin, doch der schüttelte den Kopf, dann hielt er sie Giannino hin, doch der lehnte ebenfalls ab. Er zündete sich jedoch eine an, aufgrund des beißenden Rauchs des Streichholzes kniff er die Augen zusammen.

– Wollten Sie sich von mir verabschieden, Kommissar? Wenn ja, freut mich das, kommen Sie zu mir nach Hause, ich mache Ihnen einen Kaffee.

– Ich wollte mich über den Unfall unterhalten, bei dem Professor Cresca gestorben ist.

Pugliese stieß den Rauch aus, dann entfernte er einen Tabakkrümel von der Lippe.

– Ein schlimmer Unfall, auch ein Kind wurde dabei getötet. Die Cisitalia 202 des Professors ist unter einen alten Dodge geraten, Kriegsware, weniger ein Lkw als ein Panzer. Beide auf der Stelle tot.

– Eine Cisitalia 202, sagte Giannino, – ein Spider-Coupé, äußerst gefährlich.

– Tatsächlich. Ich habe dazu nicht viel zu sagen, die Straßenpolizei von Ferrara hat sich um den Fall gekümmert, er fiel in ihre Zuständigkeit. Ich habe nur die ersten Ermittlungen geführt, weil wir als Erste da waren.

– Genau das interessiert mich.

Pugliese lehnte sich wieder an das Geländer. Die Schneehaufen auf dem Platz vor der Kirche erregten offenbar seine Aufmerksamkeit.

– Angeblich wird es weiter schneien. Was meinen Sie, Kommissar?

De Luca nickte, er hatte verstanden. Er schaute Giannino an, der ebenfalls begriffen hatte, jedoch so tat, als hätte er nicht begriffen. Es bedurfte eines Winks mit der Hand, und dann noch eines entschiedeneren, damit Giannino seufzend sagte, *Ich gehe auf einen kleinen Cinzano,* und sich auf den Weg über die Straße in die Bar gegenüber machte.

De Luca lehnte sich ebenfalls ans Geländer. Er sah einen Zigarrenstummel in einem Schneehaufen.

– Ich kann mich gar nicht erinnern, dass Sie rauchen, Maresciallo.

– Noch nicht lange. Was wollen Sie wissen, Kommissar?

– Alles, was an diesem Unfall merkwürdig ist. Natürlich nur, sofern es etwas Merkwürdiges gibt.

– Genau das ist das Problem. Es gibt nämlich nichts Merkwürdiges, Kommissar. Der Professor ist gern schnell gefahren, er hatte einen schnellen Spider, er hat versucht, ein Auto zu überholen, und ist gegen einen entgegenkommenden Lastwagen gekracht. Eine ganz einfache Dynamik.

– Zeugen?

Pugliese hob drei Finger, mit der Zigarre zwischen den beiden äußeren.

– Vater, Mutter und Sohn im Kombi davor, dem, den der Professor überholen wollte. Der Sohn kniete auf dem Rücksitz und schaute durchs Heckfenster, er spielte aus der Ferne mit dem Neffen des Professors, sie waren mehr oder weniger gleich alt. Fast hätten auch sie dran glauben müssen. Zum Glück war der Motorradfahrer zwischen den beiden Autos schon davongefahren, sonst hätte auch er dran glauben müssen.

Pugliese zuckte mit den Achseln und schnippte die Asche von der Zigarre. – Alles klar, Kommissar?

– Und warum schauen Sie so zweifelnd, Maresciallo? Wir haben uns zwar eine Zeit lang nicht gesehen, aber ich erinnere mich an dieses ironische Grinsen.

– Der Lastwagenfahrer gibt Fragen auf. Ein anständiger Mann, keine Frage, nicht vorbestraft, gültiger Führerschein und gültige Transportlizenz, darum geht es nicht, Kommissar. Nach dem Unfall war er völlig durcheinander, er konnte nicht mal reden, er heulte bloß. Wegen dem Kind, soweit wir verstanden. Guter Gott, der Unfall war ja schon schlimm genug, das Auto ist unter den Lkw geraten und praktisch ... – Er machte eine Geste mit der behandschuhten Hand, als würde er sich den Hals abschneiden. – Der Fahrer sagte, es sei nicht seine Schuld, der Spider sei ihm entgegengekommen, das Übliche. Dann haben wir das Kind rausgezogen und er hat durchgedreht.

– Verständlich, oder?

– Ja, aber auch das ist nicht das Problem, Kommissar. Sondern das, was danach passierte. Der Fall war schon abgeschlossen, der Professor war auf der ganzen Linie schuldig, dem Lastwagenfahrer wurde der Führerschein nicht einmal einen Tag lang abgenommen, doch nach ein paar Wochen kam er zu mir in die Kaserne. Er war noch immer durcheinander und sagte, er wolle mich sprechen. Sie wissen doch, wie es ist, wenn jemanden das Gewissen drückt, Kommissar? Wir haben viele von der Sorte gesehen … sie wollen sprechen, schaffen es jedoch nicht. Auch er hat es nicht geschafft, er ist gegangen, doch sein Gesichtsausdruck hat mir gesagt, dass er wiederkommen würde.

– Und ist er wiedergekommen?

– Nein. Er ist gestorben. Er ist in seinem Wohnhaus ins Treppenhaus gestürzt, vom fünften Stockwerk aus. Er hat die Tür geöffnet, einen Schritt nach vor gemacht und ist runtergefallen, weil der Lift nicht da war. Er war kaputt, so was passiert.

Noch immer das spöttische Lächeln unter der Hakennase. De Luca seufzte, weil er sich auch an die theatralische Art und Weise erinnerte, wie Pugliese erzählte. Als ob er sagte: Jetzt kommt gleich das Beste.

– Was soll ich tun, Pugliese? Soll ich Ihnen eine Frage stellen?

– Fragen Sie mich, in welchem Stockwerk der Lastwagenfahrer wohnte, Kommissar.

– In welchem Stockwerk wohnte er?

– Im ersten.

De Luca runzelte die Stirn. Er hob den Kopf und sah auf einer Terrasse einen als Weihnachtsmann verkleideten Mann, er hatte sich den Bart unter das Kinn gezogen und flach auf die Brust gelegt, um ihn nicht schmutzig zu machen, denn er verzehrte gerade einen Teller Tagliatelle. Aber er dachte nach und achtete nicht weiter darauf.

– Können Sie mir den Unfallbericht geben?

Pugliese blies auf die Spitze der Zigarre, beim Sprechen war sie fast ausgegangen.

– Wie ich Ihnen schon sagte, Kommissar, es gab einen Zuständigkeitsstreit, einen ziemlich unüblichen, aber das ist egal. Die Verkehrspolizei hat den Fall an sich gerissen und die Untersuchungen innerhalb einiger Tage abgeschlossen.

– Sie werden mir doch nicht sagen, dass Sie keine Kopie der Akten behalten haben!

– Natürlich nicht. Ich habe ein paar maschinengeschriebene Notizen, das Verhör der Familie im Kombi, nur ganz wenig. Wenn Sie wollen … gern. Aber wahrscheinlich soll ich es Ihnen nicht mit einem Boten schicken, stimmt's?

De Luca dachte nach und übersah das Grinsen des anderen. Er betrachtete den Schnee.

– Machen wir einen Sprung in die Kaserne.

– Ich bin nicht mehr in der Kaserne, ich bin schon ein Gespenst, bald in Rente. Ich habe die Dokumente bei mir zu Hause. Wenn Sie zu mir raufkommen, mache ich Ihnen wie versprochen einen Kaffee. Meine Frau ist zu Hause, aber egal. Dann kann ich sie Ihnen gleich vorstellen.

– Sie waren aber lang weg, Herr Ingenieur.

– Ich habe mit einem alten Freund Kaffee getrunken.

– Wir hätten gemeinsam einen trinken können. Offenbar kennen Sie einander schon lange. Haben Sie mit ihm zusammengearbeitet?

– Ein paarmal.

– Und dann?

– Dann haben wir eine Dummheit begangen. Das ist ein Fachbegriff der Polizei; wenn einer von außen kommt und man weiß, er ist strafversetzt worden, sagt man, er habe eine Dummheit begangen. Wir haben jemanden verhaftet, den man besser nicht angerührt hätte.

– Genau, Herr Ingenieur, ich möchte nicht, dass wir eine Dummheit begehen. Man hat uns gesagt, wir sollen den Mord an Signora Cresca aufklären, nicht wahr? Also …

– Genau das machen wir.

Giannino hatte noch nicht den Anlasser betätigt, er beugte sich beim Sprechen zum Armaturenbrett vor, doch als De Luca ihm die Unterlagen auf die Knie warf, lehnte er sich zurück. Es schneite wieder, deshalb musste er die Innenbeleuchtung anmachen und sie etwas hochheben, um im winterlichen Dämmerlicht besser lesen zu können. De Luca zeigte ihm die Stelle, einen Absatz, den Pugliese mit der Schreibmaschine geschrieben hatte.

Es war die Aussage der Familie im Kombi bezüglich des Kindes auf dem Rücksitz. Es hatte mit dem Neffen Crescas im 202er gespielt, sie hatten mit den Fingern auf die Person gezielt, die zwischen den beiden Autos auf einem schweren Motorrad fuhr. Dem Kind im Kombi zufolge waren sie die Cowboys und der andere der böse Indianer. Und sie hatten einen Grund dafür, sie hatten den Motorradfahrer aus einem ganz bestimmten Grund aufs Korn genommen. Er war hässlich.

Er hatte ein Gesicht wie ein Ungeheuer.

– Eine Fratze, Giannino. Eine Teufelsfratze.

## 24. Dezember 1953, Donnerstag

Es klang absurd, doch das Ungeheuer erinnerte ihn an jemanden. Obwohl die Fratze von einem Kind auf kariertes Papier gezeichnet worden war, mit einer fast geraden Linie für das Kinn, einer gebogenen für die kräftige Nase und dem tiefer liegenden Auge, das so echt aussah und doch so überhaupt nicht dazu passte, erinnerte sie ihn an jemanden.

De Luca hatte fast den ganzen Tag des 24. im Zimmer seiner kleinen Pension verbracht, war um die am Boden liegenden Fotos herumgegangen, nur die Zeichnung hing an der Wand, und hatte die auf dem Bett liegenden Berichte durchgeblättert.

Abgesehen vom Frühstück in der Bar unter den Arkaden hatte er nichts gegessen, irgendwann hatte er auch keine Kohle mehr nachgelegt; erst als Hauch aus seinem Mund drang und ihm die Sicht nahm und vor allem, als er hin und wieder fröstelte, obwohl in ihm ein Feuer brannte, wurde ihm klar, dass es im Zimmer eiskalt war.

Wenn er noch der Alte gewesen wäre, hätte er alle ins Präsidium bestellt, einen nach dem anderen, sogar die Toten. Er hätte sie mithilfe von Fragen, Drohungen, Hinterhalten und wenn nötig sogar mithilfe von Ohrfeigen verhört. Nicht er persönlich hätte Ohrfeigen ausgeteilt, sondern der Brigadier, er brauchte nur die Jacke auszuziehen und die Angeklagten verstanden, mehr war nicht nötig.

Jetzt hingegen konnte er nichts anderes tun als innerhalb der vier nackten Wände wie ein Löwe im Käfig auf und ab zu gehen und zu denken: Pritsche, Schrank, Ofen, Stuhl, und dann wieder von vorn. Das waren die Himmelsrichtungen seines Universums. Wenn wenigstens Giannino da gewesen wäre und mit ihm einen Spaziergang gemacht hätte, doch der war am Abend davor abgefahren. Er hatte ihm das Versprechen abgenommen, dass er ihn in Florenz anrief, wenn er seine Meinung bezüglich des Weihnachtsessens änderte: *Ich bestehe darauf, Herr Ingenieur.*

Irgendwann hielt er es hier drinnen nicht mehr aus, er ertrug es nicht länger, blutige Abdrücke nackter Füße, das aufgedunsene Gesicht Stefania Crescas oder das schiefe Auge der Teufelsfratze zu betrachten. Er ging hinunter, um sich eine Espressomaschine zu kaufen, denn auf dem Ofen war eine Herdplatte, aber um diese Uhrzeit waren schon alle Läden geschlossen, also borgte er sich beim Portier eine Macchinetta napoletana aus. Und da wieder große, lautlose Schneeflocken fielen, beschloss er, fürs Erste zu Hause zu bleiben.

Doch er hielt es nicht länger aus. Er wusste, dass er auch in dieser Nacht keinen Schlaf finden würde. Also ging er doch aus, mit aufgestelltem Kragen und bis oben zugeknöpftem Mantel, hielt sich unter den Arkaden, aß eine Tüte Kastanien, denn sein knurrender Magen erinnerte ihn daran, dass er Hunger hatte, fast übersah er eine Straßenbahn und wurde niedergefahren, und schließlich fand er sich auf der Piazza Maggiore vor der Kathedrale San Petronio wieder.

Er ging hinein und setzte sich an den Rand der Bank ganz hinten, allerdings war es noch zu früh für die Christmette, und das Kirchenschiff war so gut wie leer. Zusammengekauert wie ein Embryo in der feuchten Stille, erlosch das innere Feuer ein wenig und er begann klar zu denken.

Es waren nur wenige Gedanken, im Gegensatz zu den zahlreichen, die ihm kurz davor durch den Kopf gegangen waren. Die wichtigsten, wenn auch noch nicht geordnet.

Teufelsfratze war das Bindeglied zwischen dem Tod Professor Crescas und dem Stefanias. In beiden Fällen war das Ungeheuer ausgerechnet im Augenblick der Tat aufgetaucht, das war sicher. Der Unfall des Professors war absichtlich herbeigeführt worden, mit dem Ziel, ihn umzubringen. Das war nur eine Hypothese, doch auch Pugliese hatte ihm recht gegeben.

Auch die Mitschuld des Lastwagenfahrers war nur eine Hypothese, es wäre schön gewesen, wenn er ihn verhören hätte können, doch er war tot. Er war aus einem Stockwerk in die Tiefe gefallen, in das er überhaupt nicht hinaufsteigen hätte müssen, denn wie Pugliese herausgefunden hatte, war dort nur eine Terrasse zum Wäschetrocknen. Es war auch nur eine Hypothese, dass der Lastwagenfahrer durchgedreht hatte, weil er bei dem Unfall ein Kind getötet hatte, von dessen Anwesenheit er nichts gewusst hatte, er war gekommen, um sein Gewissen zu erleichtern, und deshalb hatte man ihn umgebracht.

Hypothesen, schön und gut, doch aufgrund seiner Erfahrung und seines Instinkts waren sie für ihn viel mehr: Spuren, denen er nachgehen musste. Mithilfe von Fragen, Drohungen, Hinterhalten und Ohrfeigen, wenn möglich.

Langsam strömten die Menschen zur Messe in die Kirche. Mäntel, Hüte, Schals, Pelzmäntel füllten allmählich das lange Kirchenschiff der Kirche San Petronio. Das laute Stimmengewirr half De Luca, eine erneute Panikattacke zu beschwichtigen. Statt hinauszugehen, blieb er auf der Bank sitzen, in einem Meer von Weihrauch, Rasierwasser, Lavendel, Kölnischwasser und Schneeluft, und begann aufs Neue nachzudenken.

Teufelsfratze war der Hauptverdächtige in beiden Mordfällen, unmöglich, dass er sich zufällig an beiden Tatorten befunden hatte. Aber, aber, aber.

Er musste rekonstruieren, wie er den Professor umgebracht hatte, der Ablauf war mehr oder weniger geradlinig. Signora Cresca hingegen war nahezu gefoltert worden. Der Mörder hätte sie auch mit der Telefonschnur oder mit nackten Händen erwürgen können, doch irgendwann hatte er aufgehört, sie zu quälen, und sie gezwungen, sich zu setzen, damit sie etwas mit der Maschine schrieb. Dabei hatte sie unter dem Tisch den Abdruck eines nackten Fußes hinterlassen. Das war nicht einmal eine Hypothese, das war ein Rätsel.

Und außerdem war da noch Aldino. Die Verbindung zur Signora bestand in den vielen Telefonaten, die er mit den Russen geführt hatte. Auch das war keine Hypothese, sondern ein Rätsel.

In Gedanken versunken hörte De Luca nicht das Klingeln, das den Beginn der Messe ankündigte. Er bemerkte nicht einmal, dass die Leute rundherum aufgestanden waren, um sich zu bekreuzigen. Er blieb mit gekrümmtem Rücken und den Armen zwischen den Knien sitzen, derart in Gedanken versunken, dass man trotz der gerunzelten Stirn und den zusammengepressten Lippen glauben hätten können, er bete.

## 25. Dezember 1953, Freitag

Allein konnte er gar nichts tun, und schon gar nicht am Christtag. Er konnte nur eine gewisse Person treffen, ohne dass es allzu sehr auffiel.

Nicht gleich allerdings, er musste bis zum Abend warten, und das tat er auch. Die Neugier verzehrte ihn. Er kam gar nicht auf den Gedanken, Giannino anzurufen und sich von seiner Familie in Florenz zu Mittag zum Essen einladen zu lassen. Er vertrieb sich die Zeit, und als es dämmerte, wurde seine Unruhe unbeherrschbar.

Aber er wusste, es war nicht nur berufliche Neugier, da war noch etwas anderes, das ihn völlig überraschend überkommen hatte.

Er wollte Claudia wirklich wiedersehen, und deshalb grinste er verlegen, er genierte sich beinahe.

Am Tor des Freizeitklubs der Eisenbahner, neben dem Tresen der Garderobe, war ein Plakat, doch es sah ganz anders aus als erwartet. Darauf stand: „Orchester Paride Canè", und die Sängerin hieß nicht Claudia, sondern Franca.

Er wäre schon fast gegangen, doch da drang vom Keller eine Stimme herauf, sie sang auf Italienisch und klang anders, doch De Luca erkannte sie. Es war sie.

Und da stand sie, auf der mit einer Brüstung versehenen Bühne, ganz hinten in dem Saal, dessen Wände bemalt waren wie die

Arkaden einer Piazza, inmitten einer Band mit älteren Musikern in Hemdsärmeln und mit Hosenträgern.

Sie sah ganz anders aus als damals, als er sie zum ersten Mal gesehen hatte. Mit offenen Haaren und einem geblümten Kleid wirkte sie noch jünger und auch kleiner. Als De Luca die Treppe hinabging, musste er sich unter den weihnachtlichen Girlanden am Türbalken bücken, um sie sehen zu können, dann stellte er sich jedoch auf die Zehenspitzen und reckte den Hals, um sie über den Köpfen der tanzenden Paare zu sehen. Sie sang einen Schlager, in dem es um Mohn und Gänse ging, ein lustiges Lied, und sie sang es gut, obwohl es ihr keinen großen Spaß zu machen schien. Der helle Stoff des Kleids ließ ihre Haut eine Spur dunkler erscheinen.

Auf den Tischen standen gefüllte Weingläser, auf den Sessellehnen hingen Schals und Jacken, dünne, finster dreinblickende Mädchen warteten auf einen Verehrer, doch De Luca setzte sich nicht. Er suchte sich einen Platz etwas abseits. Es war zwar schon einige Zeit vergangen, und auf dem Foto in den Zeitungen sah er ganz anders aus als jetzt, trotzdem war es besser, nicht aufzufallen. Öffentliche, gut besuchte Lokale hätte er überhaupt meiden sollen. Außerdem wollte er Claudia betrachten, deshalb lehnte er sich ganz hinten an den Tresen der Bar, im Schatten der Brüstung, und da er etwas konsumieren musste, bestellte er einen Kaffee, *mit einem Schuss Gin*, sagte der Barmann, und aus irgendeinem Grund war das keine Frage.

Claudia sang jetzt einen anderen, flotteren Schlager, mit dem Rhythmus einer Mazurka. Sie sang auf Bolognesisch, und der Text war wohl etwas schlüpfrig, denn am Ende jeder Strophe zwinkerte sie und die Leute lachten.

Mit dem Ellbogen auf dem Tresen und das Kinn auf die Hand gestützt, versuchte De Luca sie sich in der Mansarde in der Via Riva di Reno mit Cresca vorzustellen, doch wenn er sie so ansah, ein junges Mädchen in einem geblümten Kleid, gelang es ihm nicht. Er musste sich in Erinnerung rufen, wie er sie das erste Mal gesehen hatte, mit zusammengebundenen Haaren und schwarzem Existenzialistenkleid, so hätte er sie sich in der Mansarde vorstellen können, doch er strengte sich nicht allzu sehr an, denn wie er etwas verlegen feststellte, war ihm das Bild unangenehm. Und als sie sich zu ihm umdrehte und ihre Blicke sich kreuzten, schlug De Luca den Blick zu Boden, obwohl es fast unmöglich war, dass sie ihn in der Dunkelheit und unter den vielen Leuten erkannt hatte.

Doch sie hatte ihn gesehen, denn bei der ersten Pause, als ein älterer Mann mit Spitzbart das Mikrofon ergriff, kam Claudia von der Bühne herunter und trat entschieden auf ihn zu.

– Ich habe Sie hier nicht erwartet, sagte sie.

– Ich wollte Sie noch einmal hören. Die italienische Lena Holliday.

– Lena Horne. Oder Billie Holiday.

– Das habe ich absichtlich gesagt, antwortete De Luca, doch sein Erröten verriet ihn. Und Claudias Lächeln verriet, dass auch sie verstanden hatte.

*Mezzanotte a Mosca e nulla piú,* Mitternacht in Moskau und sonst nichts, sang der Mann mit dem Spitzbart und begleitete sich auf der Ziehharmonika, *wer noch niemals dort war, kann gar nicht verstehen, wie fröhlich einen der viele Schnee macht, der die Stadt bedeckt.*

– Darf ich Sie zu einem Drink einladen?, fragte De Luca. Claudia senkte den Blick und schnupperte an der Tasse auf dem Tresen.

– Sie wollen sich wohl den lokalen Sitten anpassen. Nein danke, ich muss noch singen, – und sie zeigte auf die Bühne. – Jetzt singt mein Vater und dann bin wieder ich dran. Möchten Sie mich was fragen?

– Das überlasse ich Ihnen, sagte De Luca, so natürlich wie nur möglich, aber er war wieder rot geworden und sie hatte wieder gelächelt.

Sie nahm die Tasse mit dem mit Gin aufgebesserten Kaffee und trank den Rest, denn der Mann mit der Ziehharmonika war mit dem Schlager fertig.

– Sie haben den Zucker mit dem Gin übrig gelassen. Danke für die Energiespritze, auf Wiedersehen, Herr Ingenieur …

– Morandi, sagte De Luca. Dann streckte er die Hand aus und berührte sie am Arm, um sie am Weggehen zu hindern.

– Ich möchte mit Ihnen sprechen, sagte er, während applaudiert wurde. Sie nickte, ohne ihn anzusehen, und er wusste nicht, ob sie ihn verstanden hatte, oder ob das Nicken dem Mann gegolten hatte, der ihr auf die Bühne half und ihr das Mikrofon in die Hand drückte.

Sie sang *Bella ciao,* und dabei hob sie die Hände über den Kopf und klatschte im Takt, und alle klatschten mit, auch De Luca. Ein Mann mit dem Abzeichen der ANPI, der italienischen Partisanenorganisation, auf dem Sakko, neben dem der Eisenbahner, stachelte sie mit seinem Klatschen noch zusätzlich an, er schrie laut: *Unsere Franchina ist gut!,* sodass ihn alle hören konnten.

Vielleicht war ich schon zu lange nicht mit einer Frau zusammen, dachte De Luca, anstatt auf den Moment zu warten, in dem er ihr die richtigen Fragen stellen konnte, schaute er sie vor allem an.

Sie saß in der Straßenbahn neben ihm, mit bis oben zugeknöpftem Mantel und den Händen in den Ärmeln des Mantels. Um die Haltestelle nicht zu verpassen, schaute sie beim Sprechen aus dem Fenster, und so konnte er sie unauffällig betrachten und beobachten.

Das ovale Kinn, die zarte Linie des Halses und auch der feine Flaum unterhalb des Nackens fielen ihm auf, er lag frei, weil sie die Haare nachlässig mit einem Kamm aufgesteckt hatte. Als Erstes waren ihm allerdings die kleine Stupsnase aufgefallen, die geraden, aber weichen Lippen, die großen, tiefschwarzen, aufgrund des Lidstrichs länger wirkenden Augen. Davor hatte er ihre Haut betrachtet, den dunklen Ton wie bei einem Mischling.

Er betrachtete aufs Neue die kleinen Falten in den Mund- und in den Augenwinkeln und fragte sich noch einmal, wie alt sie wohl war. Und bei dieser Überlegung wurde er wieder ganz er selbst.

– Wenn es nach mir ginge, würde ich mich für Jazz entscheiden, sagte Claudia. – Blues, Swing, Dixie und alles andere. Ich halte die bolognesische Tanzmusik nicht mehr aus, auch wenn sie meinem Vater so sehr gefällt.

Er hatte sie gefragt, was sie am liebsten sang, er hatte sie gleich am Ausgang des Freizeitklubs gefragt, doch Claudia war zur Straßenbahn gegangen und hatte ihn ohne zu antworten am Ärmel hinter sich hergezogen.

De Luca hatte bis zum Ende des Konzerts gewartet, er hatte Sodbrennen aufgrund des Kaffees mit Gin, er hatte sie gefragt, ob sie mit ihm essen gehen wolle, doch sie hatte ihm nur erlaubt, sie nach Hause zu begleiten. De Luca hatte den besorgten Blick des Mannes mit der Ziehharmonika und dem Spitzbart bemerkt, aber Claudia hatte gesagt, ich bin ja kein Kind mehr, und da hatte er sich gefragt, wie alt sie nun wirklich war. Doch dann hatte er keine Zeit mehr dazu gehabt, denn es war spät geworden, und da er kein Auto hatte, durfte sie die Straßenbahn in die Via del Traghetto nicht verpassen.

– Ich singe, seitdem ich dreizehn bin. Ich habe auf dem Reisfeld begonnen, im Chor mit den anderen Reispflückerinnen, und am

Abend habe ich allein für die Herrschaften gesungen. Da habe ich begriffen, dass mir das Singen am besten gefällt. Sogar besser als die Liebe … – Das sagte sie wie selbstverständlich, ohne zu zwinkern, und dabei blickte sie auf die Straße hinter dem Fenster. – Dann hat mein Vater das Orchester gegründet und ich habe begonnen, professionell zu singen.

– Und der Jazz?, fragte De Luca. – Wie hat sich das ergeben? – Er kannte die Antwort, doch das war die Frage, nach der er lange gesucht hatte, die richtige.

– Ein Freund hat ihn mir nähergebracht, sagte Claudia. – Er sagte, seiner Meinung nach hätte ich die richtige Stimme. Er hat mir Platten vorgespielt … und ich habe mich verliebt.

Sie fröstelte und zog den Mantel fester zu. Sie rutschte über die Holzbank und schmiegte sich an De Luca, nach wie vor wie selbstverständlich, ohne Augenzwinkern. Sie zog auch die Beine hoch und versteckte die Knie unter den Mantelschößen, wie ein Kind. De Luca widerstand der Versuchung, sie zu umarmen, für ihn wäre das nicht so selbstverständlich gewesen.

– Professor Cresca, nehme ich an, sagte er vorsichtig. – Ich habe gehört, er hat die Alma inspiriert …

– Ja, unterbrach ihn Claudia. – Bei der nächsten Haltestelle steigen wir um.

Sie blickte jetzt finster drein, presste ernsthaft die Lippen aufeinander, und deshalb dachte De Luca, dass sie wohl für den Rest der Fahrt schweigen würde, außer er köderte sie noch einmal mit einer Frage.

– Claudia oder Franca?, fragte er. Aufgrund ihres Lächelns begriff er, dass sie den Köder geschluckt hatte.

– Claudia ist mein echter Name. Franca hieß ich bei den Partisanen. Meinem Vater gefällt er jedoch besser, alle nennen mich so.

Einen Augenblick lang dachte De Luca an etwas anderes. Er würde Giannino bitten, die Unterlagen des Partisanenverbands zu durchforsten, doch dann fragte er sich, ob es tatsächlich im Sinn der Untersuchung war, Informationen über Claudia einzuholen, oder ob das nur ihn interessierte.

– Und dir? Welcher gefällt dir besser?

– Claudia. Wir sind da.

Sie stiegen aus und blieben auf der schneebedeckten Piazza stehen. Claudia fröstelte wieder und begann auf und ab zu hüpfen, sie trug nur Halbschuhe. De Luca legte ihr den Arm um die Schultern und drückte sie an sich, und diesmal machte er es wie selbstverständlich, weil er nicht wollte, dass sie fror. Wenn er einen Schal oder einen Hut getragen hätte, hätte er sie ihr gegeben, doch auch er fröstelte in seinem Trenchcoat.

– Die Sache mit dem Jazz interessiert mich, sagte er wie nebenbei, ich glaube auch, dass Sie eine gute Sängerin sind. Professor Cresca ...

Er hielt inne, weil er merkte, dass Claudia ihn spöttisch anblickte.

– Ich weiß, dass du kein Musik-Impresario bist, sagte sie.

– Wie bitte?

– Erstens habe ich noch nie einen Impresario ohne Auto gesehen, zweitens kannst du Lena Horne und Billie Holiday nicht unterscheiden, und ich wette, dass du nicht einmal weißt, wer beim letzten Festival in Sanremo gewonnen hat. Habe ich recht?

De Luca öffnete den Mund und versuchte sich eine Antwort einfallen zu lassen, hielt jedoch sofort inne, denn sie flüsterte: *Ich weiß, warum du das gesagt hast.* Und auch: *Ich kenne dein Geheimnis, Herr Ingenieur.*

– Du hast es gesagt, um mich zu beindrucken. Ich gefalle dir nämlich, obwohl du das so gut wie möglich zu verbergen versuchst.

De Luca seufzte insgeheim.

– Ja, sagte er, mühelos, immerhin entsprach das ja der Wahrheit.

– Ja, das stimmt. Du gefällst mir.

Sie ging nicht weg, duldete seinen Arm auf ihren Schultern, drückte sich an ihn.

– Ich mag dich auch, aber ich bleibe nur hier stehen, weil ich fast erfriere, und wenn wir bei mir zu Hause sind, steigst du in die Straßenbahn und fährst zurück. Ich kenne dich nicht, ich weiß nicht einmal, wie du heißt. Komm ja nicht auf dumme Ideen.

Sie steckte eine Hand in seine Tasche, um sich zu wärmen, und stimmte *Non ti fidar di un bacio a mezzanotte* an, hielt jedoch augenblicklich inne, zog den Arm zurück und machte einen Schritt rückwärts.

– Du hast eine Pistole.

– Aber nein ...

– Ich kenne Waffen, keine Ahnung, wie viele ich getragen habe. Du hast eine Pistole.

– Hör zu, Claudia.

– Warum hast du eine Pistole? Wer bist du? Warum hast du mir so viele Fragen zu Mario gestellt? Was bist du, ein Polizist?

– Aber nein, Claudia, ich ...

Er wusste nicht, was er sagen sollte. Sie hatte sich völlig verändert. Hart, mit zusammengepressten Lippen, wie aus Stein gemeißelt, sie zitterten nicht einmal mehr vor Kälte. Sie war nur zwei Schritte zurückgetreten, doch es war, als ob sie am anderen Ende der Haltestelle stünde, unter den Arkaden auf der anderen Straßenseite, weit weg.

De Luca machte noch einen Versuch.

– Ich bin kein Polizist. Ich bin Versicherungsagent. Ich untersuche den Tod Professor Crescas, weil ich nicht glaube, dass es ein Unfall war.

So, er hatte die Angelschnur mit dem Köder ausgeworfen. Jetzt hieß es nur noch warten, und das tat er, den Blick fest auf Claudia gerichtet. Auch sie senkte den ihren nicht.

– Du hast mich angeschwindelt. Die Musik, Jazz, das Kompliment, ich würde dir gefallen. Lauter Lügen. Du hast mich benutzt.

Einen Augenblick später stand sie tatsächlich auf der anderen Straßenseite, unter den Arkaden, und wartete dort auf die Straßenbahn in die Via del Traghetto. De Luca begriff, dass es keinen Sinn hatte, ihr nachzugehen, nachzuhaken. Er hatte sie verloren.

– Du gefällst mir wirklich, sagte er, aber sie schaute in die andere Richtung und hatte ihn vielleicht nicht einmal gehört.

De Luca drehte sich um und ging gebückt davon, die Hände in den Taschen des Trenchcoats, mit der einen hielt er die dumme, überflüssige Pistole, die er immer bei sich hatte, nicht einmal er wusste, warum.

Als er beinahe die Pension erreicht hatte, stellte er fest, dass ihm jemand gefolgt war, und in diesem Augenblick war er dankbar, dass er die dumme Pistole bei sich hatte.

Er hatte nachdenken wollen und da er sich innerhalb der Stadtmauern befand, hatte er darauf verzichtet, ein Taxi zu rufen; von einer Gruppe Studenten mit spitzen Hüten und einem als Priester verkleideten Burschen, der aus Studentenjux eine Messe inszenierte, hatte er sich die Richtung zeigen lassen und war zu Fuß nach Hause gegangen.

Er dachte jedoch nicht viel nach, er fühlte ihn sich ein Gefühlschaos, das ihn gleichzeitig erregte und müde machte.

Dann plötzlich hatte er es gehört. Das Knirschen von Schritten auf dem gefrorenen Schnee hinter sich. In dem Augenblich, als er das Kinn aus dem Kragen hob und sich umdrehen wollte, hatte es aufgehört.

De Luca erstarrte und fröstelte, denn er kannte diese plötzliche Stille.

Es war der Lärm von einem, der keinen Lärm machen wollte.

Und als er sich umdrehte, sah er tatsächlich niemanden in dem schlecht beleuchteten Winkel der Arkaden, nur die Erinnerung an eine im Augenwinkel gesehene Bewegung, einen Schatten, der hinter einer Säule verschwand.

Er schloss die Hand um die kleine Beretta in seiner Manteltasche. Er hätte sie herausziehen und zu der Säule gehen können, um nachzusehen, wer da war, tat es jedoch nicht. Er blickte sich um, betrachtete die Arkaden auf der anderen Straßenseite, spähte zum Winkel vorne, in seiner Gehrichtung, aber da war niemand. Er wusste, dass es unter Umständen nichts bedeutete, dass niemand da war. Es bedeutete, dass jemand da war, der nicht gesehen werden wollte.

Er ging weiter mit der Hand in der Tasche, das Kinn und die Schultern taten ihm wegen der Anspannung weh, mit gespitzten Ohren. Er keuchte mit zusammengebissenen Zähnen.

Er hatte Angst.

Er ging um die Ecke herum, lehnte sich an die Mauer und zog die Pistole heraus. Jetzt hörte er die Schritte aufs Neue, sie kamen auf ihn zu, jedoch schneller und entschlossener, als ob sich jemand beeilte, um ihn nicht zu verpassen. De Luca entsicherte die Automatische mit einem trockenen metallischen Geräusch und hob den Arm, um zu zielen, doch die Schritte hielten plötzlich inne.

Irgendjemand war da.

Er sah, wie der Hauch aus seinem Mund über die niedrige Mauer wehte, ein schneller Atem, ein ängstlicher Atem. Da beschloss er, sich zu bewegen, machte einen Schritt um die Ecke, mit ausgestrecktem Arm und gezogener Pistole.

Es war Claudia.

Um nicht mit der Pistole auf ihr Gesicht zu zielen, riss er den Arm mit der Pistole so schnell in die Höhe, dass er tatsächlich fast einen Schuss abgefeuert hätte. Sie hingegen bewegte sich nicht, stand mit den Händen auf dem Mund und weit aufgerissenen Augen da, bis De Luca die Pistole wieder in der Tasche verschwinden ließ. Er streckte den Arm nach ihr aus, doch sie befreite sich, machte einen Schritt zurück.

– Du bist mir gefolgt, sagte er. – Warum?

– Glaubst du wirklich, dass es kein Unfall war?

– Ja.

– Du glaubst nicht, dass es Selbstmord war, stimmt's?

– Nein.

– Dann weiß ich, wer es war. Stefania, seine Frau, dieses Luder.

Im Zimmer war es fast noch kälter als draußen. De Luca hatte vergessen, den Ofen zu heizen, und obwohl er Kohle nachlegte, würde es wohl eine Zeit lang dauern, bis er das Zimmer wärmte.

Claudia hatte ihn um einen Drink gebeten, unter Umständen sogar um einen harten, doch er hatte nichts zu trinken, dann hatte sie ihn um eine Zigarette gebeten, aber er rauchte nicht.

– Hast du denn überhaupt kein Laster?

– Ich trinke viel Kaffee.

De Luca erinnerte sich, unten auf dem Platz ganz hinten in den Arkaden eine Bar mit angemachtem Licht gesehen zu haben, er ging hinunter und kam mit einem Päckchen Nazionali und einer Flasche Strega zurück, die Bar hatte nämlich schon fast geschlossen und er hatte nichts anderes mehr bekommen.

Als er zurückkam, saß Claudia auf dem Bett, hatte die Beine angezogen und die Arme um die Knie geschlungen, sie hatte den Mantel bis zum Hals zugeknöpft und eine Decke um die Beine gewickelt. Sie hatte Schuhe und Strümpfe ausgezogen, die Strümpfe hingen über der Stuhllehne neben dem Ofen, die Schuhe hatte sie auf die Gusseisenfläche gestellt, als wolle sie sie weichkochen. Sie hatte die Lampe ausgemacht und das Licht auf dem Nachtkästchen eingeschaltet, gemeinsam mit der Straßenlaterne vor dem Fenster tauchte es das Zimmer in ein weiches Halbdunkel. Sie zog den Rotz hoch, entweder weil ein Schnupfen im Anzug war oder weil sie geweint hatte.

De Luca zündete für sie eine Zigarette an und reichte ihr ein Glas Strega. Sie kostete und verzog das Gesicht, dann zuckte sie mit den Achseln.

– Gar nicht so schlecht, sagte sie.

De Luca goss sich einen Fingerbreit ein, schüttelte den Kopf, als sie ihm das Zigarettenpäckchen hinhielt, und setzte sich auf den Stuhl am anderen Ende des Zimmers. Der süßliche Likör wärmte seinen Magen und ließ in ihm den Wunsch entstehen, sich zu Claudia aufs Bett zu setzen, doch er widerstand.

– Warum glaubst du, dass es seine Frau war?, fragte er.

Claudia stieß zwischen den halb offenen Lippen eine Rauchsäule aus und sah zu, wie der Rauch sich in der kalten Luft des Zimmers auflöste. Sie versuchte es noch einmal, doch aufgrund eines Hustenanfalls löste der Rauch sich zu früh auf.

– Kanntest du Mario?, fragte sie und De Luca schüttelte den Kopf.

– Nein.

– Er war ein faszinierender Mensch, außergewöhnlich. Und außerdem ein Genie. Das Studium in weniger als der Mindestzeit abgeschlossen, viel zu gut für die Universität, das sagten alle, doch er wollte es so. Er fuhr oft nach Amerika, er war mit einem Haufen Wissenschaftler befreundet, er hätte dortbleiben können, alle rissen sich um ihn, Privatfirmen, sogar die amerikanische Regierung, doch er kam immer wieder nach Bologna zurück. Willst du wissen, warum?

– Warum?

– Er sagte, wir lebten in schlimmen Zeiten, die Wissenschaft, vor allem die seine, habe nicht die Absicht, den Menschen ein gutes Leben zu ermöglichen, sondern so viele wie möglich umzubringen. Er sagte, er wolle keine Verantwortung übernehmen. Er sagte, irgendwann reiche es nicht mehr, die Arme zu heben und zu sagen: *Ich bin Wissenschaftler, ich mache nur meine Arbeit.* Verstehst du?

De Luca gab keine Antwort. Er rutschte unbehaglich auf seinem Stuhl hin und her und trank noch einen Schluck Likör. Er dachte, er würde Giannino bitten, Crescas Arbeit an der Fakultät für Physik und seine Reisen in die USA zu überprüfen.

– Aber Mario war nicht nur ein Genie. Er war gebildet, sympathisch, witzig und sensibel. Er konnte zuhören, und wenn er zuhörte, spürte man, dass er sich wirklich für einen interessierte. Auch gut aussehend … oder besser gesagt, faszinierend. Willst du wissen, ob ich mit ihm ins Bett gegangen bin?

Ja, das wollte er wissen, aber nicht nur aus persönlichen Gründen. Am liebsten hätte er mit den Achseln gezuckt und abgewunken, doch sie kam ihm zuvor.

– Ja. Einmal. Er sagte, es sei eine Frage der Chemie, wenn der Funke überspränge, könne man ihm nicht Einhalt gebieten, vor allem dann nicht, wenn es keinen Grund dazu gäbe. Er liebte seine Frau nicht und ich bin erwachsen und unabhängig genug, um zu tun, was ich will. Punkt. Der Funke ist einmal übergesprungen und aus. Öfter war es nicht nötig.

Sie zog den Rotz hoch, und diesmal war klar, dass sie keinen Schnupfen hatte, denn sie hielt die Lippen ins Glas, als wolle sie die Tränen auffangen.

De Luca betrachtete sie wieder selbstvergessen. Das lag nicht am Strega, und auch nicht daran, dass er schon zu lange nicht mit einer Frau zusammen gewesen war, rein technisch war das ein Verhör, und er musste ihre Züge und ihren Gesichtsausdruck studieren, um zu verstehen, ob sie übertrieb, ob sie log, ob sie etwas verbarg. Doch ein Gedanke lenkte ihn ab: Claudia wirkte jetzt wieder ganz anders, ihre Lippen waren gar nicht gerade, sondern die untere war voller, weicher, und die Nase war gar nicht so klein und die Wangenknochen waren gar nicht so hoch, und in diesem leuchtenden Halbdunkel schien auch ihre Haut dunkler zu sein.

Er dachte, sie sei wunderschön.

Sie sagte etwas. De Luca brauchte eine Zeit lang, um aus seinen Gedanken aufzuwachen und ihr wieder zuzuhören.

– Entschuldige, was hast du gesagt?

– Ich habe gesagt, ich würde gern noch einen Schluck trinken. Schön langsam wird mir warm.

Sie wackelte mit den Zehen unter der Decke, streckte den Arm mit dem leeren Glas aus. De Luca stand auf, um ihr noch etwas Likör einzuschenken, nahm sich auch einen Schluck, wollte mit seinem Verhör fortfahren und sich nach Stefania Cresca erkundigen, doch Claudia sagte: *Komm bitte her*, und klopfte mit der Handfläche auf das Bett neben sich. De Luca gehorchte instinktiv, und sie schob die nackten Zehen unter sein Bein, selbst durch den Hosenstoff spürte er, dass sie eiskalt waren.

– Komm aber ja nicht auf dumme Gedanken, sagte Claudia und zündete sich noch eine Zigarette an. Ich habe nur deshalb eingewilligt, um diese Uhrzeit allein mit dir auf dein Zimmer zu gehen, weil mir in meinen Tanzschuhen eiskalt war. Aber in Stiefeln oder mit Stöckelschuhen kann ich nicht singen. Auch wenn ich die bolognesische Lena Horne bin, bleibe ich doch eine Reispflückerin.

Es roch nicht verbrannt, doch De Luca tat so, als würde er deswegen aufstehen und Claudias Schuhe vom Ofen nehmen. Dann wollte er sich mit etwas Abstand aufs Bett setzen, denn aufgrund des – wenn auch ganz kurzen – Körperkontakts fühlte er sich verwirrt und durcheinander, doch Claudia streckte die Beine aus und legte ihm die Füße auf den Bauch, schob sie unter sein Sakko. De Luca schluckte und schnappte nach Luft, und nicht nur wegen der Kälte. Er fühlte einen harten Knoten zwischen Magen und Herz, der ihm langsam die Luft abschnürte.

– Willst du wissen, warum ich glaube, dass seine Frau, dieses Luder, etwas damit zu tun hat?, fragte sie.

– Ja.

– Weil er es mir gesagt hat. In letzter Zeit war er nervös, merkwürdig zerstreut … Er hatte mir etwas sehr Wichtiges versprochen und darauf vergessen, das war noch nie davor vorgekommen.

– Darf ich dich fragen, was?

Claudia zuckte mit den Achseln. – Das ist kein Geheimnis. Mario kannte jemanden bei Ricordi, er hätte ihm schreiben sollen, damit ich eine Probeaufnahme machen konnte. Er hat ihm zwar geschrieben, aber erst später.

– Hast du eine Ahnung, warum er nervös war?

– Nein, das hat er mir nicht gesagt. Eines Abends waren wir jedoch in der Mansarde und haben Platten gehört, ich dachte, er sei ganz in die Musik versunken, doch ganz plötzlich sagte er: *Wenn mir etwas passiert, ist diese Idiotin daran schuld,* so nannten wir sie.

– Etwas? Was?

– Ich habe ihn gefragt, was soll dir passieren? Und er: *Angenommen, ich verschwinde wie Maiorca ...*

– Majorana.

– Mag sein, keine Ahnung ... Ich habe ihn gefragt, wer das sei, aber er hat zu lachen begonnen und auf der Platte war gerade ein Solo von Benny Goodman zu hören, er hat was darüber gesagt, und ich habe nicht länger darüber nachgedacht. Bis eben jetzt.

– Wann war das?

– Das war wohl eine Woche vor ... nun ja, dem Unfall.

De Luca runzelte die Stirn. Er streichelte Claudias Füße über dem Jackenstoff, um sie zu wärmen, aber wie in Gedanken versunken. Er bemerkte es erst, als sie ihn zweimal mit der Ferse anstieß, wie um anzuklopfen. Da sah er, dass sie lächelte, mit der Unterlippe zwischen den Zähnen und einem Blick, der sich über ihn lustig zu machen schien.

– Weißt du, warum ich hier bin?, fragte sie ihn.

– Um mir von deinem Verdacht zu erzählen.

– Schon gut. Weißt du, warum ich noch immer hier bin?

– Ja, nein ... keine Ahnung.

– Chemie, sagte Claudia.

De Luca beugte sich vor, doch sie stoppte ihn mit dem Fuß auf seiner Brust, nur einen Augenblick lang, doch lange genug, um ihm klarzumachen, dass es ihre Entscheidung war. Dann ließ sie los und sie küssten sich so hastig und so heftig, dass beide den süßlichen Geschmack des Blutes auf den Lippen spürten.

Sie liebten einander, ohne sich auszuziehen, sie hatte nur ihren Mantel geöffnet, damit er die Hände auf ihr Kleid und auf ihren Strumpfhalter über der zur Seite geschobenen Unterhose legen konnte; ihre Beine umschlangen seine Hüften und ihre Fersen trommelten auf seinen Hintern und schoben ihn tiefer hinein, ihre

Hände umklammerten seinen Nacken und drückten seinen Mund auf den ihren, als wolle sie ihn fressen.

Er war wirklich schon lange nicht mehr mit einer Frau zusammen gewesen, und wenn sie in diesem Wahnsinnstempo weitergemacht hätten, wären sie bald fertig gewesen.

Doch plötzlich stoppte ihn Claudia und blickte ihm in die Augen, dann schloss sie sie und biss sich auf die Lippen, drückte seinen Kopf nach unten, damit er sie auf den Hals küsste, und dabei presste sie sich an ihn, ihre Beine umschlangen ihn nicht mehr, sondern klopften auf seinen Hintern, langsam, kraftvoll, sanft und intensiv, bis zum Ende.

Sie blieben auch danach angezogen, einerseits, weil der Ofen das Zimmer noch nicht aufgeheizt hatte, aber vor allem, weil Claudia ihm gleich gesagt hatte, dass sie nicht bei ihm schlafen würde, in fünf Minuten würde sie gehen.

– Wird Signor Paride wütend, wenn seine Tochter nicht nach Hause kommt?, fragte De Luca.

– Die Tochter Signor Parides hat als Reispflückerin gearbeitet, sie war im Krieg und auf Tournee, sie weiß, wie sie Faschisten hinhält, Herren mit weißen Hosen und existenzialistische Jazzmusiker, die es sich von ihren Vätern richten lassen. Für ihn bin ich noch immer ein Kind, aber ich bin fünfundzwanzig Jahre alt und kann selbst auf mich aufpassen. Wir wohnen in der Via del Traghetto, das ist mitten in der Pampa, hinter dem Steinbruch, wenn ich spät komme, schlafe ich im Freien.

Claudias Kopf lag auf De Lucas Brust, eingeklemmt unter seinem Kinn. Er hätte sie gern angesehen, doch sie hatten das Lämpchen auf dem Nachttisch ausgemacht, und in der Dunkelheit, die nur von der Laterne draußen erhellt wurde, verschwanden ihre

Züge in einem dunklen Schatten. De Luca zog sie langsam mit den Fingerspitzen nach. Jetzt wusste er, wie alt sie war, doch die Linien, die er spürte, straften sie Lügen.

– Ich bleibe nicht hier, denn das Zimmer ist schrecklich und das Bett zu eng. Gleich in der Nähe ist eine Taxihaltestelle, ich werde mir eines nehmen.

– Ich begleite dich.

– Das ist nicht notwendig.

– Natürlich begleite ich dich. Du warst vielleicht ein Partisanen-kurier, doch um diese Uhrzeit …

Claudia bewegte sich. Sie schob seine Hand weg, langsam, aber entschieden.

– Warum ein Kurier?

– Du hast gesagt, du warst bei der Resistenza … Habe ich dich falsch verstanden?

Claudia seufzte. Sie setzte sich auf.

– Ich war bei einer Kampfeinheit. Ich war in den Bergen, in Monte Sole, ich habe bei Porta Lame gekämpft, ich bin am 21. auf einem Panzer in die Stadt gefahren, ich habe Fotos mit anderen Mädchen, alle mit Maschinengewehr … Warum ist für euch Män-ner immer alles so eindeutig?

Sie nahm die Strümpfe vom Stuhl, befühlte sie mit den Fingern, dann zog sie einen an. De Luca hätte gern etwas gesagt, doch Clau-dia ließ ihm keine Zeit dazu.

– Frau, also Kurier. Dunkelhäutig, also Afrikanerin. Ich bin in Asmara nur zur Welt gekommen, mit zweieinhalb Jahren bin ich nach Italien gekommen, da ist Signor Paride zurückgekehrt, weil meine Mutter gestorben ist. Ich bin mit Lasagne, Mortadella und Tortellini aufgewachsen, und das hört man sogar, wenn ich Englisch singe, aber kannst du dir vorstellen, wie viele zu mir sagen:

*Sie sprechen aber gut Italienisch, Signorina!* Ganz zu schweigen von denen, die mich *Faccetta Nera* nennen.

Sie war nicht wütend, sie klang eher enttäuscht. Sie stellte einen Fuß auf den Stuhl, um den Strumpf festzumachen, dann den zweiten. Sie zupfte das schwarze Dreieck auf der Ferse zurecht.

– Ich möchte dir so viele Fragen stellen ..., sagte De Luca.

– Zu Abessinien oder dem Krieg? Für gewöhnlich fragen mich die existenzialistischen Jazzmusiker, ob ich jemanden umgebracht habe. Ich sage, das weiß ich nicht, wir haben zu mehrt geschossen, vielleicht ...

– Claudia! Jetzt war De Luca zornig. – Ich bin vierzig Jahre alt, ich war auch im Krieg! Das ist mir egal. Ich untersuche den Tod von Professor Mario Cresca.

Claudia nahm das Zigarettenpäckchen und zündete sich eine an. Sie setzte sich mit übereinandergeschlagenen Beinen hin, das Bein oben verkrampfte sich nervös im schwarzen Nylonstrumpf.

– Aldino, sagte De Luca. Claudia zog eine Schnute.

– Neidisch, bösartig, ich habe ihn nie gemocht. Er schmeißt mich nicht aus der Band, weil es chic ist, eine singende Negerin zu haben, wie eine amerikanische Band, nicht einmal *Magistratus* hat eine. Er und Mario waren Freunde seit ihrer Kindheit. – Sie hustete und entfernte einen Tabakkrümel von ihrer Lippe. – Guter Gott, flüsterte sie, du hast mir Nazionali gebracht.

– Und seine Frau? Aldino und Stefania Cresca.

– Sie hassten einander. Abgesehen davon, dass sie alles hasste, was Mario machte, vor allem den Jazz, und mich natürlich auch. Diese Idiotin.

Sie bückte sich, um den Strumpf an ihrer Fußspitze wegzuziehen; sie hatte die Zehen so eingerollt, dass sich das Gewebe dazwischen eingeklemmt hatte.

– Erinnerst du dich an etwas Spezielles? Irgendetwas, das mir helfen könnte?

– Wirst du herausfinden, wer Mario umgebracht hat?

De Luca nickte, ohne zu zögern. – Ja, das werde ich herausfinden. Es ist mein Beruf.

Claudia schlüpfte in die Schuhe. Sie öffnete die Ofentür und warf die Zigarette hinein. – Ich bin müde. Wenn du mich wirklich begleiten willst, dann gehen wir.

De Luca stand auf und band sich die Schnürsenkel zu. Er stellte fest, dass Claudia ihn wieder mit der Lippe zwischen den Zähnen ansah, doch diesmal ohne zu lächeln. Dann trat sie auf ihn zu und küsste ihn auf den Mund. Ein langsamer, zärtlicher und intensiver Kuss.

– Chemie?, fragte De Luca, aber sie schüttelte den Kopf.

– Du hast mich bloß einen Augenblick an Mario erinnert. Du bist wie er, verloren, unruhig …

– Faszinierend?, sagte De Luca und versuchte die winzige Eifersucht zu überspielen, die an ihm nagte.

– Nein, sagte sie. Verzweifelt.


Als sie zum Taxi-Standplatz kamen und De Luca ihr die Tür des einzigen 1400ers öffnete, der mitten im Schnee stand, und sagte, er würde sie nach Hause begleiten, legte sie ihm die Hand auf die Brust, um ihn am Einsteigen zu hindern, doch dann packte sie ihn am Nacken und küsste ihn so heftig wie beim ersten Mal, und so lange, dass der Taxifahrer mit vorgehaltener Hand zu hüsteln begann.

# 26. Dezember 1953, Samstag

*Claudia.*

Hatte er das wirklich gesagt? Oder hatte er das nur geträumt, weil ihn der Schlaf nach unten zog wie eine umgekehrte Rauchspirale, einen Körperteil nach dem anderen, der benommen in der kalten Luft der Wirklichkeit klirrte.

Er träumte, dass er rücklings im Gras lag, unterhalb einer Windmühle, die Schaufeln drehten sich und berührten seine Brust, aber zart, ohne ihm wehzutun, sie irritierten ihn nur. Doch es war Giannino, der mit den Fingerspitzen auf seine Brust trommelte, um ihn aufzuwecken.

– Herr Ingenieur? Bitte, Herr Ingenieur …

De Luca setzte sich mit einem Ruck auf, er riss die Decke mit einem derart heftigen Seufzen von sich, dass es klang wie ein Ächzen

– Langsam, langsam, Herr Ingenieur … Ich bin's.

De Luca brauchte ein paar Sekunden, um zu sich zu kommen. Er leckte mit der Zunge über die trockenen Lippen, und versuchte Giannino zu fokussieren, der an einem der beiden Gläser schnupperte, die auf dem Tisch neben dem Zigarettenpäckchen und der Strega-Flasche standen. Er grinste spöttisch und sein Blick war belustigt, deshalb dachte De Luca, er habe wirklich den Namen Claudias ausgesprochen.

– Was machst du hier?

– Ich habe ewig lang geklopft, Herr Ingenieur. Ich habe Sie nicht wach gekriegt.

– Was machst du hier drinnen?

– Der Portier hat mir mit dem Dietrich aufgesperrt. Ich habe zu ihm gesagt, ich fürchte, dass es ihnen vielleicht nicht gut geht. – Giannino zuckte mit den Achseln. – Aber das war gar nicht notwendig. Warum, glauben Sie, haben sie Sie hier untergebracht, Herr Ingenieur? Das Hotel gehört uns.

De Luca schaute auf die Uhr an seinem Handgelenk, er war halb angezogen eingeschlafen. Es war sechs Uhr morgens.

– Ist was passiert?

– Der Chef ist da. Der Commendatore. Er ist auf Durchreise in Bologna und wartet in der Bar am Bahnhof auf uns. Schauen Sie mich nicht so an, Herr Ingenieur, ich bin mitten in der Nacht in Florenz aufgebrochen

Er schaute ihn weder so noch so an, er dachte bloß nach.

– Warte draußen auf mich, ich ziehe mich nur schnell an.

Giannino ging hinaus.

Auf der Schwelle sagte er, *Sie hatten schöne Weihnachten, Herr Ingenieur*, doch das war keine Frage. Aufgrund seines unverhohlenen Grinsens begriff De Luca, dass er wirklich den Namen Claudias ausgerufen hatte.

Die Bar am Bahnhof war leer, nur sie und ein schläfriger Kellner hinter dem Tresen waren da. Selbst die Weihnachtsdekoration schien zu schlafen, so schlapp und angelaufen, wie sie war.

– Gehört die auch uns?, sagte De Luca, denn es war fast so, als hätte die Bar extra wegen ihnen aufgesperrt, doch der Commendatore hörte ihn nicht, er war damit beschäftigt, sich die Creme eines Krapfens von den Lippen zu lecken.

Commendatore D'Umberto war ein beeindruckender Mann, er trug eine große Brille, seine Augen hinter den dicken Linsen waren kreisrund. Er hatte den Hut abgenommen, den Mantel und das Sakko ausgezogen, um es bequemer zu haben, und obwohl er sich vorbeugte, sich mit den Ellbogen aufstützte und den Bauch gegen den weißen Resopaltisch presste, war seine Krawatte voller Zucker.

– De Luca, mein Junge, setz dich und trink einen Cappuccino. Du auch, sagte er zu Giannino. Der nickte und ging zum Tresen, man hatte ihn ja nicht aufgefordert, sich an den Tisch zu setzen.

– Ich hätte lieber einen Espresso, sagte De Luca, doch der Commendatore zeigte auf den Cappuccino vor sich und machte dem Barmann ein Zeichen mit zwei Fingern, die ein V bildeten, damit er noch zwei zubereitete.

– Weißt du, wie sie in Bologna den Krapfen nennen? Bombolone, große Bombe! Das ist wirklich der Geist Bolognas! ... Bombolone! – Und dabei blähte er die Wangen auf und lachte mit belegter Stimme, bis das Lachen in Husten überging. – Nimm einen, mein Junge, und du nimm auch einen, – zu Giannino gewandt, – aber was, ich nehme auch noch einen. – Er streckte drei Finger hoch.

De Luca verzichtete darauf zu sagen, dass er keinen wollte, der Commendatore hätte ihm gar nicht zugehört, tatsächlich sprach er auch schon weiter.

– Ich muss rauf in den Norden, weil ich was Lästiges erledigen muss, du weißt ja, das Mädchen, das bei uns unten in Torvaianica tot aufgefunden wurde, Wilma Montesi. – Nein, De Luca wusste es nicht, aber das war nicht wichtig und er sagte es auch nicht. – Dem Luder ist bei einer Party mit wichtigen Leuten schlecht geworden, irgendein Idiot hat sie zum Strand gebracht und dort ist sie ertrunken, gut, die Sache wird schön langsam unangenehm, ich muss Leute in Mailand treffen, aber es geht mir so auf die Eier, nachts zu reisen, du weißt ja, das Kreuz, – er griff sich mit der Hand auf den Rücken und setzte einen leidenden Blick auf, – doch der Zwischenstopp hier hat meinen Tag gerettet, mein Junge, denn solche Bomben ... nein, Riesenbomben, – er nahm sich eine von dem Teller, den der Kellner vor sie hingestellt hatte, – solche habe ich noch nie zuvor gegessen, das sind die besten in ganz Italien, Kompliment! – Und er klatschte dem Kellner leise Beifall, mit den Fingern der einen Hand auf der Handfläche der anderen, damit er den Bombolone nicht zerquetschte.

– Ich muss dir danken, mein Junge, sagte er mit vollem Mund.

– Warum?, fragte De Luca.

– Weil ich den Zwischenstopp in Bologna nur wegen dir gemacht habe. Was kannst du mir von Signora Cresca erzählen? Wie weit bist du mit den Ermittlungen?

– Schon ganz schön weit. Wir verfolgen verschiedene Spuren. Aber da ist etwas, das ...

– Wer hat sie umgebracht?

– Das wissen wir noch nicht, es ist jedoch jemand aufgetaucht ...

– Du hast gesagt, du hast einen Verdächtigen, oder?

– Ja, aber ...

– Du bist mein Trüffelhund, mein Junge, du bist seit fünf Tagen hier, ich erwarte Fortschritte, was heißt, große Fortschritte!

Der Commendatore hatte seinen zweiten Bombolone aufgegessen. Er rieb die Hände aneinander, um sie vom Zucker zu befreien, dann stand er auf und zeigte sie Giannino, der eilig mit einer Serviette angelaufen kam.

– Wir haben Fortschritte gemacht, sagte De Luca. – Große sogar. Ein wichtiges Detail. Wir haben eine Verbindung zwischen dem Tod der Signora und dem ihres Gatten gefunden.

Der Commendatore betrachtete den für De Luca bestimmten Bombolone, der noch auf dem Teller lag. – Das war ein Unfall, flüsterte er. – Der interessiert uns nicht. Wir wollen nur wissen, wer die Signora umgebracht hat.

– Es gibt eindeutige Beweise, dass Professor Cresca umgebracht worden ist, dass der Unfall vorgetäuscht wurde, im Übrigen nicht einmal besonders gut. Wir müssen herausfinden, wer ihn umgebracht hat, um auch das andere Verbrechen aufzuklären.

Der Commendatore hörte auf, den Bombolone zu betrachten, den De Luca zerpflückte. Er betrachtete seinen unberührten, kalt gewordenen Cappuccino.

– Hättest du nicht lieber einen Espresso gehabt?, fragte er. Er machte Giannino ein Zeichen, und der ging wieder zum Tresen. Dann beugte er sich vor, betrachtete De Luca durch die dicken Linsen, zwei kreisrunde, vom Brillenglas vergrößerte Augen, bei deren Anblick einem schwindlig wurde.

– Es interessiert uns nicht, wer Professor Cresca umgebracht hat, es interessiert uns wirklich nicht. Willst du wissen, warum, mein Junge? Weil wir es wissen. Wir waren es.

Der Commendatore lehnte sich zurück, faltete die Hände über dem Bauch. De Luca war derart perplex, er bemerkte nicht einmal, dass Giannino eine Tasse Kaffee vor ihn hingestellt hatte.

– Wir?, frage er heiser. – Was heißt, wir, wer ist wir?

Der Commendatore zeigte auf sich, dann machte er eine kreisförmige Bewegung mit dem dicken Finger, die offenbar alles einschloss: De Luca, Giannino, die Bar, Bologna und den Rest der Welt.

– Unser Dienst, sagte er, – wir.

– Und warum?

– Weil die Amerikaner uns darum gebeten haben. Isst du den noch?

De Luca schüttelte instinktiv den Kopf, und der Commendatore nahm seinen Bombolone.

– Sie hatten Angst, dass er zu den Russen überläuft, sagte er mit vollem Mund, – oder dass er sich zu sehr um seine eigenen Angelegenheiten kümmert. Es gibt einen Krieg, mein Junge, angeblich ist er „kalt", aber es ist nach wie vor ein Krieg, und Köpfe wie Cresca stehen entweder auf der einen oder der anderen Seite, denn die auf der einen und die auf der anderen Seite rekrutieren sie, kaufen sie, bringen sie um oder nehmen sie mit. – Er streckte die Unterlippe vor, um einen Cremetropfen aufzufangen. – Die technologische Überlegenheit ist wichtig, hat jedoch ihren Preis.

– Dann auch der Lastwagenfahrer, sagte De Luca, – mit einem Wort, man hat uns … – Er brachte das Wort nicht heraus, doch der Commendatore unterbrach ihn und zuckte mit den Achseln.

– Nebensache.

– Und das Kind.

– Das war ein bedauerlicher Unfall. Der Fall ist jedenfalls abgeschlossen, protokolliert, zu den Akten gelegt – er schlug mit der Faust auf den Tisch – und archiviert. Vergessen Sie den Fall Cresca, ich möchte wissen, wer die Signora umgebracht hat. Und wissen Sie, mein Junge, was mich am meisten interessiert?

De Luca machte einen Schluck Kaffee, er brauchte etwas Kräftiges. Er war derart perplex, er konnte gar nicht nachdenken. Der Commendatore beugte sich vor und kippte dabei den Tisch.

– Ich möchte wissen, ob der Mord auch auf unser Konto geht.

De Luca hatte die Tasse zum Mund geführt, trank jedoch nicht. Er stellte die Tasse wieder ab.

– Das verstehe ich nicht, sagte er.

– Ich möchte wissen, ob jemand aus meinem Amt oder aus einem parallelen Amt den Mord in Auftrag gegeben hat, oder jemand aus dem gegnerischen Lager, die Russen, der Weihnachtsmann, – er zeigte auf einen geschmückten Weihnachtsbaum in der Ecke, – die Mutter Gottes oder das Jesukind. – Er seufzte. – Mein Junge, sagte er, bei uns herrscht mittlerweile Chaos, ein Riesenchaos ... Früher einmal war alles klar, aber heutzutage, bei den vielen Gesetzen und Gesetzeszusätzen, herrscht ein riesiges Durcheinander ... Entweder man macht etwas oder man macht es nicht ... Entweder man gibt Befehle oder nicht ... Und jeden Tag tritt eine neue Gruppe in Erscheinung und tut, was ihr passt. Du weißt ja, wie es früher war, meinst du nicht auch, dass es anders war?

*Nein,* dachte De Luca, *es war genau so,* sagte es jedoch nicht.

– Ich weiß, dass ich diesen Befehl nicht gegeben habe. Um Himmels willen, Befehl ist nicht der richtige Ausdruck, so einen Befehl gibt man nicht, nie. Sagen wir, ich weiß, dass ich mich nicht so ausgedrückt habe. Und dass ich Signora Cresca nicht ins Visier genommen habe. Wenn es allerdings jemand ohne meine ... sagen wir, ohne meine moralische Zustimmung getan hat, dann handelt es sich um Übereifer oder um sonst was, das ich nicht verstehe und nicht dulde, mein Junge. Es reicht, dass ich mich um diese lästige Montesi kümmern muss.

– Warum fragen Sie sie nicht?

– Was? Wen?

– Ihre ... unsere. Oder andere Ämter. Ob sie ihre ... moralische Zustimmung zum Mord an Stefania Cresca gegeben haben.

Der Commendatore lachte, wieder ein belegtes Lachen, das in einen Hustenanfall überging.

– Ich kenne meine Pappenheimer. Alle sagen Nein, doch das ist normal. Du weißt ja, was ein glaubwürdiges Dementi ist, mein Junge: wenn man Ja oder Nein sagen und niemand überprüfen kann, ob es stimmt.

Er schaute auf die Uhr und sprang mit unvermutetem Elan auf. *Ich verpasse den Zug,* sagte er, während er in Sakko und Mantel schlüpfte, und dann zum Kellner: *Pack mir ein paar ein,* und zu Giannino: *In Österreich nennt man sie Krapfen.*

Er hielt De Luca eine mit Zucker verklebte Hand hin.

– Finde den Mörder, damit ich weiß, wer den Mord in Auftrag gegeben hat, und alle sind zufrieden. Egal, ob es die Russen, der Weihnachtsmann oder das Jesukind war. Wozu sonst bräuchte ich einen Trüffelhund?

– Der Commendatore quatscht und quatscht ... Aber er hat keine Ahnung, Herr Ingenieur. Krapfen, Bombe und Bomboloni sind nicht dasselbe, das ist ein ganz anderes Rezept. Die Bomboloni stammen außerdem nicht aus Bologna, sondern aus der Toskana, und es stimmt auch nicht, dass die besten hier gemacht werden, sie werden in Montespertoli gemacht, das zufälligerweise in der Provinz Florenz liegt.

De Luca schaute Giannino an. Der Anfang des Satzes hatte ihn aus seinen Gedanken gerissen, doch das Ende hatte ihn bestürzt, er wusste nicht, ob er sich ärgern oder ob er lachen sollte. Ob er aus Verzweiflung oder aus Belustigung lachen sollte. Giannino hingegen hatte offenbar nichts bemerkt. Er lenkte lässig mit nur einer Hand am Steuer, mehr oder weniger ziellos, denn nachdem sie sich vom Commendatore verabschiedet hatten, waren sie ins Auto gestiegen und De Luca, der völlig in Gedanken versunken war, hatte ihm kein Ziel angegeben.

– Entschuldige, Giannino, aber wie bist du zu diesem Beruf gekommen?

– Zu dem Beruf als Agent? Das liegt bei uns in der Familie. Mein Vater war während des Krieges gemeinsam mit Graf Sogno beim Nachrichtendienst der Organizzazione Franchi. Die weißen Partisanen, Badoglio, das sagt Ihnen was, oder? Vielleicht hat er auch ein paar verhaftet … Nun, mein Vater ist dem Conte in die Diplomatie gefolgt und hat dafür gesorgt, dass ich beim Geheimdienst aufgenommen wurde. Sie meinten doch diesen Dienst, oder?

Nein, doch ihm fiel etwas ein, das ihn am Lebenslauf seines Assistenten mehr interessierte.

– Warum vertraut der Commendatore seinen Mitarbeitern nicht? Was ist in *diesem* Dienst los?

Giannino zuckte mit den Achseln.

– Das müssten eigentlich Sie wissen. Ich bin nur ein kleiner Angestellter.

– Ich weiß wirklich nichts. Machen Sie sich nicht über mich lustig, ich bin vielleicht ein Trüffelhund, aber du bist ein wirklicher Bastard.

Giannino warf ihm einen belustigten Blick zu.

– Wirklich? Ich dachte, ich bin ein Rassehund. Mein Vater ist nämlich auch ein Graf, wenn Sie zu Weihnachten zum Essen gekommen wären, hätte ich ihn Ihnen vorgestellt. Aber soweit ich verstanden habe, hatten Sie was anderes vor, Herr Ingenieur.

De Luca schloss die Augen und seufzte tief. Claudia fiel ihm wieder ein, und er spürte plötzlich einen Schauer, der allerdings nicht von Erregung herrührte.

– Soll ich die Heizung anmachen, Herr Ingenieur? Heute soll es regnen, dann ist es nicht mehr so kalt.

Giannino betätigte den Blinkerhebel und fuhr links ran. Er blieb ein Stück weiter vorne stehen, um die Gleise der Straßenbahn nicht zu verstellen. Er drehte sich um und lehnte sich wie De Luca mit dem Rücken an die Tür.

– Commendatore D'Umberto hat Angst vor seinem Stellvertreter, Doktor Elvani, dem Leiter des Büros für Spezialeinsätze ... auch für sehr spezielle, Sie können sich ja vorstellen, welche, Herr Ingenieur. – Er schlug mit der Faust auf die geöffnete Handfläche und erzeugte dabei ein klatschendes Geräusch. De Luca verzog das Gesicht. – Der Commendatore weiß, dass der Herr Doktor unbedingt seinen Posten haben möchte. Und die beiden sind grundverschieden. Der Commendatore steht auf der Seite der Engländer, der Herr Doktor auf der Seite der Amerikaner. Der Commendatore wird vom Abgeordneten Piccioni von der alten Democrazia Cristiana gestützt, der Herr Doktor von Fanfani von der neuen DC. Der Commendatore ist aus Neapel, – er drehte den Daumen nach unten, – der Herr Doktor aus Verona. – Daumen nach oben.

Giannino lachte, aber De Luca blieb ernsthaft, so ernsthaft, dass auch Gianninos Gesicht sich wieder verfinsterte.

– Ich bin einmal in einen Fraktionskampf der Partei geraten, sagte De Luca, – dabei hätte ich fast ins Gras gebissen.

– Ja, Herr Ingenieur, ich verstehe Sie. Mir gefällt das auch nicht. Was tun wir jetzt?

De Luca zog den Mantel fester zu, denn im Stehen wurde es kalt im Auto. Giannino wollte losfahren, doch De Luca hielt ihn zurück. In diesem Augenblick konnte er im stehenden Auto besser nachdenken.

– Wir konzentrieren uns auf den Tod der Signora. Der Fall Cresca hat sich von selbst gelöst. Der Commendatore hat diesen Elvani mit dem Mord beauftragt, und Teufelsfratze hat ihn ausgeführt. Motiv: transatlantische Treue. Du wusstest das.

Er hatte nicht den Finger erhoben, doch seine Stimme klang vorwurfsvoll. Giannino schüttelte den Kopf. Ohne zu übertreiben, entschlossen, überzeugt.

– Nein. Man hat mir gesagt, wir sollten uns nicht darum kümmern. Ich habe vermutet, dass es einen Grund dafür gibt, aber ich kannte ihn nicht.

– Um Himmels willen, Giannino! Ein zwölfjähriger Junge!

– Wir beide sind daran nicht schuld, Herr Ingenieur. Ich war es nicht. Ich habe nichts damit zu tun, ich mache nur meinen Beruf.

De Luca nickte und schluckte mühsam. Er schwieg lange, mit der Stirn an der kalten Fensterscheibe, den Blick auf die Schneehaufen gerichtet. Auf der anderen Seite der Straße war eine kleine Piazza, Männer mit Schal und Mantel schaufelten weiße Schneeberge an die Hausmauern, kratzten mit den metallischen Schaufeln über die Porphyrsteine. Sogar im Inneren des Autos war das Geräusch zu hören, unangenehm wie ein Kratzen auf einer Tafel. Dann bemerkte er, dass Giannino etwas gesagt hatte.

– Ich habe gefragt: Warum haben Sie ihm nichts von Teufelsfratze erzählt?

– Weil das Ungeheuer sehr wahrscheinlich ein Mann Elvanis ist. Wenn ich ihm gesagt hätte, dass er auch in der Wohnung von Stefania Cresca war, hätte er zwei und zwei zusammengezählt und die Untersuchung abgeschlossen.

– Genau. – Giannino zuckte mit den Achseln und zog den Kopf zwischen die Schultern.

– Aber das ist meine Untersuchung, ich entscheide, wann sie abgeschlossen ist, nämlich in dem Augenblick, in dem wir herausgefunden haben, wer Stefania Cresca umgebracht hat, wie und warum. Ich weiß nicht, ob es Teufelsfratze war, da gibt es zu viele Dinge, die nicht zusammenpassen.

Es war wirklich kalt. De Luca machte Giannino ein Zeichen. Er betätigte den Anlasser und drehte den Schlüssel im Schloss.

– Ich frage Sie noch einmal, Herr Ingenieur. Was tun wir jetzt?

– Wir verfolgen zwei Spuren. Eine ist Teufelsfratze. Wir müssen herausfinden, wer das ist. Kannst du dich bei den Männern in Elvanis Büro umhören? Bei diesem Gesicht kann es ja nicht schwierig sein herauszufinden, wer er ist.

Giannino nickte und schlug sich mit der Handfläche auf die Brust, zwei Schläge, die vom Kamelhaarmantel gedämpft wurden.

– Die zweite Spur ist Aldino. Und die Russen.

– Gegen die kann ich nichts ausrichten, Herrn Ingenieur. In Bologna treiben sich jede Menge Kommunisten herum. Die haben fast mehr Aufenthaltsrecht als wir.

– Ich kann mich um Aldino kümmern. Er ist Musiker und ich bin Impresario, nicht wahr?

– Genau.

Giannino sah De Luca an, als ob er Maß nähme.

– Bei allem Respekt, Herr Ingenieur, aber die Alma Mater ist eine Jazzband, und ihre Mitglieder sind arrogante Studenten und Papasöhnchen. Vertrauen Sie mir, denn ich bin auch ein Papasöhnchen. In diesem Aufzug ähneln Sie allenfalls einem Bullen vom Präsidium und nicht einem Impresario. Darf ich Ihnen einen Rat geben?

– Gern.

– Ich gehe mit Ihnen zu Boni und Sie kaufen sich eine neue Garderobe. Anzug, Mantel, Schal, maßgeschneidertes Hemd von Fiorini, und auch einen Hut von Malaguti. Die Schuhe von Roveri erspare ich Ihnen, das würde zu lange dauern, Ihre reichen auch. Aber vielleicht könnten Sie sich rasieren.

– Ist gut. Gehen wir.

– Wissen Sie, dass Sie ein merkwürdiges Zeitgefühl haben, Herr Ingenieur? Wohin wollen Sie gehen? Heute ist Stefanitag, die Läden sind alle zu, und morgen ist Sonntag. Entweder verbringen Sie das

Wochenende bei meiner Familie in Florenz oder ich bringe Sie in die Pension und wir sehen uns am Montag.

Er hatte sich in die Pension bringen lassen.

Zwei Tage lang hatte er sich in seinem Zimmer eingeschlossen und war nur hinausgegangen, um zu essen, er hatte zwar keinen Hunger, fühlte sich aber schon beinahe einer Ohnmacht nahe.

Drei Dinge beschäftigten ihn, sie raubten ihm auch den Schlaf, einen Schlaf, der nicht kommen wollte.

Erstens das, was Giannino gesagt hatte.

Dass er nichts mit dem zu tun hatte, was die anderen getan hatten. Dass er nur seinen Beruf ausübte. Ein anderes Amt war schuld, andere Leute, die andere Aufgaben und Funktionen hatten, nicht er, er übte nur seinen Beruf aus. Er erfüllte keine Pflicht, wozu eine gewisse Überzeugung notwendig gewesen wäre, sondern er machte nur, was sein Beruf verlangte.

Auch er hatte das schon oft gesagt, so oft, dass es ihm zur Gewohnheit geworden war.

Zweitens seine Ermittlung.

Er fühlte eine Beklemmung, die ihm den Atem raubte, aufgrund der er glühte wie im Fieber. Er würde durch Bologna laufen, sogar nachts, er würde auf den Straßen schnüffeln wie ein Jagdhund.

Seine Ermittlung. Sein Beruf.

Drittens Claudia.

Aber das war ein zwiespältiges Gefühl. Er verspürte den Wunsch, sie wiederzusehen, eine verwirrende und irritierende Sehnsucht, er spürte eine Begierde, die so stark war, dass sie fast schmerzte, und er verspürte einen Schauer, der ihn ein paarmal hochfahren ließ, wie aufgrund eines unbeherrschbaren Muskelkrampfs. Doch das war keine Erregung. Das empfand er bei der Erinnerung daran, was er ihr versprochen hatte.

Du wirst herausfinden, wer Mario umgebracht hat.

Ja. Das ist mein Beruf.

Sein Beruf.

Er hatte herausgefunden, wer Mario umgebracht hatte.

Aber er konnte es ihr nicht sagen.

## (28. Dezember 1953 – 3. Januar 1954)

„Oggi"
Wochenzeitschrift für Politik, Tagesgeschehen und Kultur, Jahrgang IX,
Nr. 53, 60 Lire.

*Im Blattinneren:* Dafür haben sich die Italiener 1953 interessiert:
Elizabeth Taylor schenkt einem Sohn das Leben (Januar), Wirbelsturm in
England und Belgien (Februar), Stalin stirbt (März), ägyptische Ex-Königin
Narriman verlässt ihren Ehemann Farouk, Prinzessin Josefina Carlotta von
Belgien heiratet den Erben des Großherzogtums Luxemburg (April), die
Hunt-Expedition erklimmt den Mount Everest (Mai), Elizabeth II. wird eng-
lische Königin, die Sowjets schlagen Aufstand in Berlin nieder (Juni), der
Koreakrieg geht zu Ende, der sowjetische Innenminister Beria wird verhaftet
und Captain Peter Townsend hat eine Affäre mit Prinzessin Margaret (Juli),
der Schah von Persien und seine Frau Farah Diba kehren in die Heimat zurück (August), in Syrakus weint eine Muttergottesfigur (September), Wol-
kenbruch in Kalabrien (Oktober), Aufruhr in Triest, um das Italien und Ju-
goslawien noch immer streiten, Gianni Agnelli, der Enkel des Fiat-Gründers,
heiratet Fürstin Caracciolo (November).
*Werbung:* Spitzenstrümpfe für die Frau von Klasse, Calze Omsa, 60 De-
nier.


„Tempo"
Jahrgang XV, Nr. 53, 56 Seiten, 60 Lire.
*Im Blattinneren:* Das Manöver von Ministerpräsident Pella, es ist
an der Zeit, dass die DC Verantwortung übernimmt, um dem Zustand der
Ungewissheit ein Ende zu bereiten • Die beiden Seiten des Ölkriegs, der
Krieg um die Erdölmärkte und -lager geht weiter, doch man fürchtet, die
Quelle könnte versiegen • Die neue sowjetische Luftwaffe versteckt

SICH UNTER DER ERDE • NILLA PIZZI VERLÄSST DAS RADIO NICHT, die beliebte Sängerin antwortet Maestro Angelini und erklärt, warum sie nicht am nächsten Schlagerfestival in Sanremo teilnimmt.

*Werbung:* CALZE SISI, die Naht macht schlanke Beine.

„Annabella"

Mode- und Frauenzeitschrift, Jahrgang XXII, Nr. 1, 50 Lire.

*Auf dem Cover:* FÜR SILVESTER IST EIN NEUES MÄRCHENKLEID EIN ABSOLUTES MUSS.

*Im Blattinneren:* DIE FRAU DER WOCHE, Marlene Dietrich, die faszinierende, wunderschöne Marlene mit dem betörenden Blick und den perfekten Beinen • FÜNF FESTLICHE KLEIDER, ohne Dekolletés und Verzierungen, aus prächtigen, knisternden Stoffen, ganz einfach mit einem Hauch von Exzentrizität • DIE VERZAUBERTE JAHRESZEIT, das ist die Saison der Bälle, angefangen bei den wichtigen mit Orchestern und Kellnern, bis hin zu Hausbällen mit einem alten Grammofon.

*Werbung:* Beugen Sie Frostbeulen vor und heilen Sie sie mit VASENOL-SEIFE und VASENOL-Salbe.

„La Settimana Incom Illustrata"

Jahrgang VII, Nr. 1, 60 Lire.

*Auf dem Cover:* VALENTINA CORTESE HAT DAS WEIHNACHTSFEST MIT IHREM EHEMANN, DEM ENGLISCHEN SCHAUSPIELER RICHARD BASHEART, UND DEM KLEINEN JACKIE VERBRACHT.

*Im Blattinneren:* WAS PASSIERT IM KOMMENDEN JAHR? DIE STERNE STEHEN GUT. Winter: Interne Spannungen in Russland und auf dem Balkan, Erstarken der amerikanischen Weltmacht. Frühjahr: Fortschritte in Richtung des Weltfriedens. Europäische Wirtschaft im Aufschwung. Ihre Heiligkeit Pius XII.: Sorgen um seine Gesundheit in den letzten Monaten des Jahres. Baudoin, König von Belgien: eine glückliche Liebeshochzeit.

## 28. Dezember 1953, Montag

– Das ist die schlechteste Version von *When the Saints Go Marching In*, die ich je gehört habe, Herr Ingenieur … Jeder spielt, wie es ihm gefällt.

De Luca nahm seinen Hut ab und kratzte sich mit den behandschuhten Händen am Kopf. Er war es nicht gewohnt, einen Hut zu tragen, und hielt ihn in der Hand, obwohl unter den Arkaden ein eiskalter Wind wehte, ihm froren beinahe die Ohren ab. Er schlug den Kragen des Mantels mit Fischgrätenmuster hoch, um sich vor der Brise zu schützen, er war auch daran nicht gewöhnt, doch im Mantel war ihm nahezu warm.

Die Menschenmenge, die sich auf der Piazza Ravegnana vor den beiden Türmen versammelt hatte, hatte einen Kreis gebildet, in dessen Innerem die Alma Mater marschierte, die Trompete ganz vorne, Aldino gleich dahinter und danach alle anderen. Claudia war nicht zu sehen, aber De Luca wusste, dass sie irgendwo sein musste, denn er hatte sie an diesem Vormittag vom Münzapparat auf dem Gang der Pension aus angerufen.

Und da war sie auch, inmitten einer Gruppe von Studenten mit spitzen Hüten in den Farben der verschiedenen Fakultäten. Auch Claudia trug einen, einen roten der Medizinfakultät, sie hatte ihn einem Studenten weggenommen, der wie alle anderen sie und nicht die Band anstarrte. Als sie De Luca sah, hörte sie auf, im Rhythmus zu klatschen, und winkte ihm so strahlend zu, dass auch Giannino lächeln musste.

– Hoho, Herr Ingenieur … sagen Sie mir nicht, dass unsere schöne Abessinierin Miss Nazionali und Miss Strega ist.

– Ich bitte dich, flüsterte De Luca, doch Giannino legte noch ein Schäufelchen nach und stieß ihn mit dem Ellbogen an, weil Claudia sich unter die Menge gemischt hatte und näher kam. Kurzer Mantel und zusammengebundene Haare unter dem roten Hut, schwarze Strümpfe und Stöckelschuhe, wieder ganz anders als beim letzten Mal. Nur das Lächeln war unverändert.

Claudia legte den Kopf zur Seite, um ihn besser taxieren zu können. – Davor hast du mir besser gefallen, sagte sie.

– Danke.

– Macht nichts, du siehst auch so gut aus. Wir haben nicht mehr viel Zeit, gleich kommen die Polizisten und verjagen uns. Einer von Aldinos Studentenfreunden feiert Geburtstag, danach treffen sich ein paar enge Freunde bei ihm zu Hause, gleich hier in der Nähe.

– Sind wir auch eingeladen?

– Ja. Als er die Sache mit dem Impresario hörte, haben seine Augen zu leuchten begonnen. Aber blamier mich bitte nicht. Billy Holiday und Lena Horne, erinnere dich. Lass ihn reden, er kennt sich aus, sonst fliegst du sofort auf.

Sie strich De Luca mit der eiskalten Fingerspitze über das Gesicht, ganz rasch, aber doch lange genug, dass es ihn fröstelte, aber nicht vor Kälte. De Luca unterdrückte ein Lächeln, er genierte sich vor Giannino, der ihn nicht aus den Augen ließ.

– Wenn ihr ein Auto habt, steige ich bei euch ein.

– Wir haben eines.

Claudia winkte ihm zum Abschied, während sie wieder in der Menge verschwand. Giannino packte De Luca am Arm und drückte ihn heftig.

– Herr Ingenieur, flüsterte er, – sind Sie verrückt geworden? Was haben Sie ihr gesagt?

– Dass wir Versicherungsdetektive sind.

– Dass wir was sind?

– Wir ermitteln inkognito zum Unfall. Das war die einzige Möglichkeit, die Deckung zu wahren.

Giannino gab einen belustigten Pfiff von sich.

– Kompliment, Herr Ingenieur, Sie werden ja noch ein richtiger Spion. Und die schöne Abessinierin hilft uns?

– Auch sie glaubt nicht, dass es ein Unfall war, sie glaubt, dass Crescas Frau was damit zu tun hat und … ja, sie hilft uns.

De Luca setzte sich den Hut auf, denn schön langsam wurden seine Ohren gefühllos. Er suchte Claudia inmitten der Menge unterhalb der beiden Türme, doch er spürte nach wie vor Gianninos Blick auf sich.

– Was ist?, fragte er.

– Faccetta glaubt nicht, dass es ein Unfall war?

– Nein.

Er wollte ihn schon auffordern, sie nicht so zu nennen, doch er begriff, dass Giannino ihn provozieren wollte, und beschloss, ihm diesen Gefallen nicht zu tun. Er wusste auch, worauf er hinauswollte.

– Glaubt sie auch, dass er umgebracht wurde?

– Ja.

– Dann nehme ich an, sie wird wissen wollen, wer es war.

De Luca sagte nichts. Giannino pfiff aufs Neue, nach wie vor belustigt.

– Na dann alles Gute.


Auch Aldino wohnte in einer Mansarde, sie war allerdings größer als die von Cresca und viel luxuriöser eingerichtet, Sofas, Fauteuils,

Teppiche auf dem Parkettboden und ein großes Fenster, das auf die Piazza Maggiore blickte.

– Wissen Sie, wie wir diese Steinplatte in der Mitte der Piazza nennen, Herr Ingenieur? *Il Crescentone,* das ist eine Art Pizza. Hier in Bologna denkt man immer ans Essen.

De Luca hatte Mantel und Hut abgenommen und sich die Krawatte gelockert. Er war nicht rasiert, und er war so dünn und abgemagert, dass er – obwohl er der Älteste war – sich nicht allzu sehr von den Burschen unterschied, die sich mit einem Glas in der einen und einer Zigarette in der anderen Hand auf Kissen und Teppiche hingefläzt hatten und versuchten, so gelangweilt und verrucht wie nur möglich dreinzuschauen, wie echte Existenzialisten. Doch als der warme, kräftige Geruch des Tagliatelle-Sugos aus der Küche hinter dem Wohnzimmer kam, änderte sich ihr Ausdruck schlagartig.

– Du hast recht, sagte De Luca.

Die Mädchen hatten gekocht. Auch Claudia, sie brachte eine Schüssel mit dampfender Pasta, stellte sie auf den Tisch und ging zu De Luca, der auf dem Fauteuil vor dem Fenster saß. Sie setzte sich auf die Armlehne und zog sich seufzend die Schuhe aus.

– Au, au … ich habe es fast nicht mehr ausgehalten.

Claudia zog die Knie hoch und De Luca dachte einen Augenblick lang, dass sie ihre Beine auf seine legen würde. Zugleich verlegen und erregt duckte er sich in seinem Fauteuil. Doch Claudia beschränkte sich darauf, die Beine unter den Körper zu ziehen. Sie strich das schwarze Kleid glatt, um die Schenkel zu bedecken. Doch sie lächelte, wahrscheinlich hatte sie es bemerkt.

– Soll ich dir was zu essen bringen?

– Nein, danke.

– Ich habe die Tagliatelle selbst gemacht. Für die Pasta habe ich zwölf Eier aufgeschlagen.

Sie zeigte De Luca, dass noch immer Mehl zwischen ihren Fingern klebte. Er lächelte.

Claudia rutschte von der Lehne und hüpfte auf nackten Zehenspitzen zu einem Tisch, auf dem einige Weinflaschen standen. Giannino stützte sich auf die Lehne und beugte sich zu De Luca.

– Alles Gute, flüsterte er noch einmal, dann zeigte er auf Aldino, der etwas abseits in einer Ecke stand und leise in sein Saxofon blies. – Was machen wir? Soll ich ihn holen?

De Luca schüttelte den Kopf. – Er kommt schon. Er spielt ein wenig den Schüchternen, doch wie man sieht, brennt er darauf, mit mir zu sprechen. Er hat schon ein paarmal heimlich hergeschaut.

Das stimmte. Claudia kam mit zwei Gläsern Rotwein zurück, eins für De Luca und das andere für Giannino, und setzte sich wieder auf die Lehne. Kaum war sie gegangen – De Luca hatte sie darum gebeten –, kam Aldino aus seiner Ecke und trat auf ihn zu, wobei er das Saxofon an seiner Hüfte baumeln ließ wie eine Pistole.

– Ich weiß, dass Sie sich bei Jazz sehr gut auskennen, begann er.

– Aldo Scaglianti, sehr angenehm. Was halten Sie von der Alma Mater? Ganz ehrlich … was halten Sie von uns?

De Luca ließ Giannino reden und beobachtete dabei Aldino, der heftig nickte, während Giannino sagte: *Lester Young, Coleman Hawkins und amerikanische Big Bands.* Er beobachtete das runde, glatte Kindergesicht mit den kleinen blauen Augen unter dem blonden Haarschopf. Seine Hände, die ebenfalls klein waren, hielten das Saxofon. Die Krawatte über dem offenen Kragen des weißen Hemds war aufgebunden, die Hemdsärmel waren aufgerollt. Alles an ihm wirkte künstlich, vor dem Spiegel einstudiert, nur das Lächeln, als er *Coleman Hawkins, Lester Young* hörte, das war echt.

– Nein, Art Pepper! Der italienische Art Pepper!

– Im Ernst?, sagte Aldino und seine Stimme bebte vor Erregung.
– Das dachte ich auch, wirklich!

De Luca wollte Aldino zwei Fragen stellen, in der guten alten Zeit hätte er sie ihm an den Kopf geworfen, er hätte ihn in sein Büro vorgeladen, wo er auf seinem ungemütlichen Stuhl gesessen hätte, wahrscheinlich mit zwei uniformierten Polizisten neben sich. Welche Beziehungen hatte er zum Agenten des sowjetischen Geheimdienstes? Und warum hatten er und Stefania Cresca am Tag ihres Todes und auch davor neunmal miteinander telefoniert?

Doch das war unmöglich. Als sie unten im Auto gesessen hatten, mit Claudia in der Mitte, hatte Giannino ihn nach seiner Strategie gefragt. Guter Cop oder böser Cop?

*Du hast zu viele amerikanische Filme gesehen*, hatte De Luca gesagt und ihm erklärt, wie sie vorgehen würden.

Er hörte also geduldig zu, wie Giannino Aldino schmeichelte, und als er ihn ausreichend eingekocht hatte, hustete er mit vorgehaltener Faust, um seine Aufmerksamkeit auf sich zu ziehen.

– Wir arbeiten mit vielen Theatern zusammen, sagte er. Tourneen, einzelne Konzerte, so viel wie möglich. Wenn Sie einmal keine Prüfungen haben …

– Prüfungen kann man verschieben, auch in der Apotheke kann ich …

– Wir arbeiten viel mit dem Ausland zusammen …

– Sehr gut, wir haben fast alle einen Pass, wer keinen hat …

– Wir arbeiten auch viel mit osteuropäischen Staaten zusammen: Tschechoslowakei, Ungarn, auch Ostberlin …

Aldinos Lächeln wurde starr, er zog die Mundwinkel krampfhaft hoch.

– Wäre das ein Problem? Wir haben alle Visa, und außerdem sind wir ja in Bologna zu Hause …

– Nein, nein, sicher nicht ...

– Russland, wir fahren auch nach Russland. In Moskau gibt es einen wunderbaren Jazzklub.

Bei diesem Satz sah De Luca ihn direkt an, doch Aldino senkte sofort den Blick. Das Lächeln war noch immer da, doch mittlerweile war es so angespannt und starr, dass es ebenfalls künstlich wirkte.

– Ja, natürlich ... keine Ahnung, ich muss mit den anderen darüber sprechen.

– Ich will Sie nicht drängen. Ich meine, Sie haben zwei Verluste erlitten, Sie im Besonderen, zwei Freunde, nicht wahr? Professor Cresca und seine Frau Stefania ...

– Mit Mario war ich eng befreundet, Stefania habe ich kaum gekannt, sagte Aldino schnell. Er lächelte nicht mehr.

In diesem Augenblick begann Claudia zu singen. Ein schwarzer Junge saß auf dem Boden, und sie stand neben ihm. Der Junge spielte Mundharmonika und Claudia sang langsam und inspiriert, aber sie lächelte, wie die Menschen rund um sie, ein paar lachten sogar.

– Blues, sagte Giannino, – allerdings verstehe ich den Text nicht. Was für eine Sprache ist das? Abessinisch?

– Bolognesisch, sagte Aldino kalt. – Das ist eine Dialektversion, die sie sich ausgedacht hat.

– Ich wusste es, sagte De Luca, – sie ist sehr gut.

– Claudia gehört nicht wirklich zur Band, sagte Aldino schnell, als ob er an etwas anderes dächte, – sie singt in einer kleinen lokalen Tanzkapelle.

– Trotzdem ist sie gut, sagte De Luca hartnäckig.

Aldino zuckte mit den Achseln. Er blickte zu der geschlossenen Tür neben der Küchentür. – Ja, sie würde gerne eine Platte aufnehmen ... Entschuldigen Sie mich bitte.

Er ging schnell weg und De Luca machte Giannino ein Zeichen, doch der folgte ihm bereits. Zwei große, schlaksige Jungs lachten laut, einer, der größere, trug Hosenträger und hielt sie krampfhaft fest. Aldino ging zwischen ihnen durch und schubste beide, links und rechts, worauf sie versuchten, leiser zu lachen, doch es gelang ihnen nicht. Dann ging er zum Tisch und goss sich ein Glas Wein ein. Er trank es rasch aus und schenkte sich noch eines ein. Er schien in Gedanken versunken und biss sich auf die Lippen.

Giannino unterhielt sich mit den lachenden Jungs, auch er lachte, ließ Aldino jedoch nicht aus den Augen. Als Aldino die Tür öffnete und das Zimmer – offenbar das Schlafzimmer – betrat, schob Giannino die Jungs beiseite, schloss die Tür beinahe, indem er ihr mit der Schulter einen Schubs gab, und scherzte weiter mit ihnen neben dem Türspalt.

*Gut,* dachte De Luca, der Junge ist wirklich gut.

Er bemerkte Claudia erst, als er ihr Gewicht auf der Lehne des Stuhls spürte. Auch sie hatte ein Weinglas in der Hand.

– Hör zu, sagte De Luca, – wir können dich nicht nach Hause begleiten, wir haben Aldino provoziert, offenbar funktioniert es. Wenn etwas passiert, müssen wir ihm folgen. Tut mir leid.

Claudia richtete sich auf und machte einen Schluck von ihrem Glas.

– Kein Problem. Ich lasse mich von Louis nach Hause bringen.

– Louis?

Claudia zeigte auf den schwarzen Jungen, der sich zu Aldino und den beiden anderen gesellt hatte.

– Ach, sage De Luca, und dann fügte er *Ist gut* hinzu, denn er spürte, dass das *Ach* merkwürdig, überhastet und ein wenig verärgert geklungen hatte. Claudia hatte es auch bemerkt, sie lächelte.

– Bist du eifersüchtig?

– Ich bitte dich …

– Bist du eifersüchtig, weil er jung und hübsch und ebenfalls schwarz ist, und weil du glaubst, das habe eine Bedeutung?

– Ich bitte dich, Claudia. – Das Erste traf zu und vielleicht auch das Zweite, aber er sagte es nicht. *Ich bitte dich*, wiederholte er. Claudia kicherte und machte einen Schluck. Der Wein hinterließ einen roten Schatten auf ihrer Oberlippe und De Luca verspürte den heftigen Wunsch, sie zu küssen.

– Ich habe gehofft, wir würden uns nachher treffen.

– Ich auch. – Auch das war ihm entschlüpft. – Aber ich weiß nicht, wann wir hier fertig sind. Vielleicht passiert auch gar nichts. Schauen wir mal.

Claudia trank den Wein aus. Dann bewegte sie sich, schob die Knie über die Lehne und legte ihre Beine auf die De Lucas, eines legte sie quer über die seinen, und den nackten Fuß des anderen stützte sie auf seinem Schenkel auf. Sie machte das wie selbstverständlich, offenbar ohne Koketterie, aber sie lächelte kaum merklich und schaute ihn direkt an.

De Luca erstarrte, er versuchte zu verbergen, dass er zusammengezuckt war.

– Ich bitte dich … Man kann uns sehen.

– Na und? Abgesehen von ein paar Typen sind mir hier alle egal, im Gegenteil. Sollen sie doch denken, was sie wollen, sie denken es ohnehin schon.

Claudia wackelte mit den Zehen in den schwarzen Strümpfen und De Luca erstarrte aufs Neue. Er fürchtete, sie könne sich noch weiter vorlehnen, und gleichzeitig wünschte er es sich, doch Claudia wollte sich nur besser abstützen.

– Außerdem machen wir doch gar nichts.

De Luca dachte, dass es auch letzte Nacht mehr oder weniger so begonnen hatte, und der Wunsch, ihre Beine zu streicheln, wurde so stark, dass ihm übel wurde. Dann sagte Claudia *Ich möchte eine Zigarette* und stand auf. Sie ließ ihn sitzen, allein mit seinem Begehren, das ihn in das Fauteuil zu pressen schien.

Um sich abzulenken, schaute er Giannino zu, der in den Spalt der halb offenen Tür spähte. Als dieser seinen Blick bemerkte, legte er die Faust an die Wange, mit dem Daumen am Ohr und dem kleinen Finger am Mund. Aldino telefonierte.

De Luca nickte und ließ den Blick wie nebenbei durch den Raum schweifen, doch er konnte Claudia nirgendwo sehen. Ihre Schuhe standen noch immer neben dem Fauteuil und er ertappte sich bei dem Wunsch, sie möge sich wieder auf die Lehne setzen, sie möge zu ihm zurückkommen.

Aber sie kam nicht zurück.

Wie vorhergesehen warf Aldino etwas später alle Gäste raus, trotz ihrer Proteste und obwohl noch Tagliatelle übrig waren.

De Luca und Giannino gingen als Erste. Sie setzten sich in die Aurelia, die auf der Piazza Maggiore, vor der Kirche San Petronio, geparkt war. Sie hatten das Auto so abgestellt, dass es mit dem Kühler auf Aldinos Wohnung zeigte, allerdings hinter einem Kombi versteckt. Durch die Windschutzscheibe sahen sie, dass Menschen aus dem Haustor kamen, auch Claudia mit dem schwarzen Jungen.

Giannino hätte gern etwas gesagt, das besagte sein Lächeln, aber er kam nicht dazu, denn Aldino öffnete das Fenster, das auf die Piazza ging, beugte sich trotz der Kälte hinaus und spähte nach links und rechts.

Das machte er insgesamt dreimal, ganz schnell hintereinander, gleich darauf schloss er das Fenster, als hätte er gefunden, was er suchte.

Und zwar den schwarzen Topolino, den De Luca und Giannino vor ein paar Tagen nach dem Konzert der Alma Mater vor dem Modernissimo gesehen hatten. Aldino war zu einem Typ eingestiegen, den Giannino als die glatzköpfige Schildkröte bezeichnet hatte.

– Bingo, Herr Ingenieur, flüsterte Giannino. – Giorgini, der Spion, ist da. *Dasvidania tovarisch,* – und er hob die geballte Faust.

– Was tun wir jetzt?

– Nichts. Wir warten, bis sie wegfahren, und folgen ihnen.

Doch sie fuhren nicht weg. Aldino trat aus dem Haus, blickte sich um und ging zu dem Topolino, der auf dem Crescentone auf der Piazza Maggiore stand, etwas abseits von den anderen geparkten Autos. Er stieg ein, doch das Auto blieb stehen. De Luca und Giannino sahen die Silhouetten der Männer im Viereck der Heckscheibe des Topolino. Offenbar unterhielten sie sich lebhaft. Die Scheibe beschlug sich, einen Augenblick lang ging ein helles Licht an, als ob sich jemand eine Zigarette angezündet hätte.

– Und jetzt?, fragte Giannino.

– Wir müssen versuchen, näher zu kommen, um zu hören, was sie sagen.

– Ich mache das.

– Lass dich nicht erwischen. Versteck dich hinter den anderen Autos.

Giannino öffnete die Autotür, doch in diesem Augenblick stieg Aldino aus. Er ging rasch ins Haus zurück, ohne sich umzudrehen, und verschwand im Flur.

– Und jetzt?

– Vergiss es. Wenn der Topolino wegfährt, folge ich ihm und du bleibst hier und beobachtest, was Aldino macht.

– In dieser Kälte? Soll ich erfrieren, Herr Ingenieur?

De Luca gab keine Antwort. Er bedeutete ihm mit einem Wink, zur Seite zu rutschen, und Giannino machte Platz, damit De Luca sich ans Steuer setzen und jederzeit losfahren konnte.

Doch der Topolino rührte sich nicht von der Stelle. Giorginis Silhouette verharrte unbeweglich am Steuer, als ob er auf etwas wartete.

– Vielleicht kommt Aldino noch einmal runter und sie fahren gemeinsam weg, dann erfriere ich wenigstens nicht im Freien, Herr Ingenieur. Wahrscheinlich holt er was. Was meinen Sie, Herr Ingenieur?

Doch Aldino kam nicht mehr herunter. Sie sahen ihn noch einmal am Fenster, doch das Fenster war geschlossen und das Licht aus, auch er war nur noch eine Silhouette.

– Irgendwas stimmt da nicht, sagte De Luca.

Die Heckscheibe des Topolino war nicht mehr angelaufen. Giorgini war ganz deutlich zu sehen, er lehnte an der Tür, als ob er schliefe.

– Weißt du, wann die Fenster eines Autos anlaufen?

– Wenn man atmet.

– Genau.

Sie stiegen gleichzeitig aus und näherten sich dem Topolino, der eine von rechts, der andere von links. Giannino hatte die Pistole aus dem Halfter gezogen, das er an der Hüfte oberhalb des Schenkels trug. De Luca näherte sich auf der Lenkerseite. Er sah sofort, dass im Verdeck ein kreisrundes ausgefranstes Loch war. Und als er die Tür öffnete, fiel Giorginis Körper mit dem Rücken voran heraus, aber nur der Oberkörper, mit ausgebreiteten Armen wie gekreuzigt. Er hatte ein kleines Loch anstelle der Oberlippe und ein größeres hinten am kahlen Schädel, einen Fingerbreit über dem Nacken. In der Hand hielt er noch immer eine kleine Automatische mit einem langen Schalldämpfer am Lauf, sein Finger lag noch am Abzug.

– Heiliger Bimbam!, sagte Giannino. Er wirkte nicht bestürzt, eher überrascht. – Aldini hat Giorgini kaltgemacht.

– Pass auf, ob jemand kommt, sagte De Luca, dann kniete er sich hin und beugte sich über Giorginis Leiche. Mit den Fingerspitzen befühlte er seine Brust, griff unter das Sakko, zog ein Portemonnaie heraus und steckte es ein. Er wollte auch die Pistole nehmen, hielt aber inne, weil er keine Handschuhe anhatte. Er zeigte auf sie, Giannino steckte sie in die Tasche. Und er zeigte auf das Armaturenbrett. Giannino öffnete das Handschuhfach und zog eine mit Bindfaden zusammengebundene Papierrolle heraus. Er steckte auch sie ein. Im Handschuhfach lag auch der Typenschein, De Luca sagte zu Giannino, er solle auch ihn einstecken, und dann sagte er, *Verschwinden wir,* ein Wachmann auf einem Fahrrad näherte sich. Er war noch weit weg, unter der Pavaglione-Arkade, doch er kam direkt auf sie zu.

Bevor er in die Aurelia einstieg, als Giannino schon den Anlasser betätigte, warf De Luca einen Blick zu Aldinos Fenster hinauf. Er sah seine Silhouette in der Dunkelheit, er lehnte am Glas und beobachtete sie.

– Haben wir etwas Spezielles gesucht?

– Nein. Wir haben zufälligerweise ein paar Beweismittel unterschlagen, um sie zu untersuchen, weil wir es offiziell nicht dürfen.

Die Pistole mit dem Schalldämpfer war eine kleine Browning, Kaliber 6.35, und lag, in einen Stofffetzen gewickelt, bereits im Handschuhfach. In der braunen Lederbrieftasche befanden sich die Dokumente von Amleto Giorgini, geboren in Corticella, usw., usw., von Beruf Drucker, und eine Menge Geld, sechs viermal gefaltete Fünftausend-Lire-Scheine, aufgrund derer die Brieftasche ausgebeult war wie ein Kissen. Auch sie landete im Handschuh-fach. Die Papierrolle lag jedoch geöffnet auf der Sitzbank des Autos. Es waren unausgefüllte Rezepte. De Luca nahm eines und unter-suchte es im Licht der Deckenlampe.

– Haben Sie gesehen, welche Farbe sie haben, Herr Ingenieur?, fragte Giannino.

De Luca nickte. Sie waren gelb. Sie dienten dazu, spezielle Me-dikamente, etwa Schlafmittel, zu verordnen.

– Warum hat ein Drucker so viele Rezepte?, fragte Giannino hinterhältig.

De Luca rollte sie wieder zusammen und band die Rolle mit Bindfaden zu, dann warf er auch sie ins Handschuhfach. Das blut-verschmierte Kuvert fiel ihm ein, das er im Papierkorb der Mansar-de gefunden hatte, und auch die Buchstaben auf dem Farbband der Schreibmaschine.

– Ich würde sagen, unsere Nachforschungen zu Doktor Pirro beschränken sich auf einen Arzt in Bologna, sagte er. – Aber das wird uns Aldino sagen, er ist ja Apotheker und kennt sich bei Re-zepten aus.

– Wissen Sie, was ich gedacht habe, als ich seine Wohnung be-treten habe, Herr Ingenieur? Dass man als Apotheker in Bologna gut verdient. Glauben Sie wirklich, er will mit uns sprechen?

De Luca zuckte mit den Achseln. – Wahrscheinlich nicht. Aber er wird es trotzdem tun. – Er zählte an den Fingern ab: Wir haben ihn provoziert, wir haben ihn gesehen, wir haben die Tatwaffe. Ich bin mir sicher, es war ein Unfall, Giorgini war ja bewaffnet, es gab eine Auseinandersetzung und ein Schuss hat sich gelöst, aber Aldinos Fingerabdrücke werden auch auf der Pistole sein. Zumin-dest werden wir ihm das sagen, wenn wir ihn anrufen, um ihn vor-zuladen.

Sie parkten am Ende der Via Zamboni, ziemlich weit von der Piazza entfernt, hörten aber trotzdem die Sirene eines Streifenwagens, der dorthin unterwegs war.

– Außer sie verhaften ihn davor. Aber beim Tempo der Einsatzpolizei dauert es mindestens ein paar Tage, bis Aldino mit Giorgini in Zusammenhang gebracht wird.

– Sehr gut. Was machen wir jetzt?

– Wir suchen uns eine Bar, in der es ein Telefon und ein Telefonbuch gibt. Und wenn wir schon mal dort sind, trinken wir auch einen Cappuccino.

Aldino antwortete erst beim zehnten Klingeln. De Luca sah, dass Giannino bei jedem Klingeln mit geschlossenen Augen mitzählte und dabei nickte. Dann öffnete er plötzlich die Augen und hob die Hand: Daumen und Zeigefinger bildeten einen Kreis, die drei anderen Finger waren ausgestreckt.

Außer dem Cappuccino hatte De Luca auch ein Croissant bestellt, das er in Windeseile verschlang; obwohl es alt, zäh und trocken war, pickte er die Brösel mit der Fingerspitze vom Teller auf. Ein plötzlicher Heißhunger hatte ihn überkommen, wie es hin und wieder passierte, er hätte sogar ein Dutzend alter Croissants gegessen, aber es gab keine mehr. Also gab er sich mit einem ekelhaften Wurstbrötchen zufrieden, das er ebenfalls in Windeseile verschlang. Giannino kam strahlend zum Tresen, an dem De Luca lehnte.

– Morgen um zehn. In dem Keller, in dem die Alma Mater für gewöhnlich probt. Er hat die Schlüssel und wartet dort auf uns.

– Warum nicht gleich?

– Weil die Polizei auf der Piazza ist und er sich nicht raustraut. Aldino ist ein seltsamer Typ.

– Warum erst um zehn?

– Weil das für ihn früh am Morgen ist. Ich sagte ja, er ist ein seltsamer Typ. Haben Sie Hunger? Wenn Sie wollen, bringe ich Sie an einen Ort, wo es was Ordentliches zum Essen gibt. Die Osterias haben auch zwischen den Feiertagen offen.

– Nein, nein … gehen wir schlafen. Morgen müssen wir früh raus.

– Früh, Herr Ingenieur? Ich sagte doch, dass Aldino …

– Hol mich um sieben ab. Wir müssen noch mal in die Mansarde des Professors. Ich würde ja jetzt hingehen, aber es ist finster und man sieht nichts.

## 29. Dezember 1953, Dienstag

*Wie schaffen es die Fliegen,* dachte De Luca, *wie schaffen es die Fliegen, selbst in luftdicht versiegelte Wohnungen einzudringen?* Die Mansarde Stefania Crescas war so, wie sie sie beim letzten Mal zurückgelassen hatten, Türen und Fenster waren geschlossen, doch schon bevor Giannino das Licht anmachte, hörte man sie in der Dunkelheit summen. Sie flogen über die Lachen aus schwarzem, gestocktem Blut, direkt über dem Boden, und De Luca fragte sich, wie sie in dieser feuchten Kälte überlebten, die noch immer nach Tod roch.

Giannino riss die Fenster auf, ohne um Erlaubnis zu fragen, und De Luca hielt ihn nicht auf, inzwischen war so viel Zeit vergangen, die Passanten sollten ruhig denken, dass die Wohnung nicht mehr versiegelt war. Außerdem brauchten sie Licht, das klare vormittägliche Sonnenlicht noch mehr als das trübe der Lampen.

Sie hatten die Aufgaben aufgeteilt. Giannino sollte die Papiere überprüfen, die auf dem Bett und am Boden lagen. Und zwar aufmerksam, einzeln.

– Wissen wir, was wir suchen?, hatte er gefragt.

– Nein, hatte De Luca geantwortet. – Aber mittlerweile haben wir genug Hinweise, um zu erkennen, was wichtig sein könnte.

Sich selbst hatte er die etwas kreativere Aufgabe zugeteilt, sich vorzustellen, was in diesem Zimmer vorgefallen war, und das wärmte ihn so sehr, dass er die Dezemberkälte in der Mansardenwohnung direkt unter dem Dach vergaß, er schwitzte beinahe, keuchte zwischen zusammengebissenen Zähnen.

Er hatte sich den Mord an Stefania Cresca zwar schon mal vorgestellt, doch diesmal würde er Aldino vor sich sehen und nicht Teufelsfratze.

Also schloss er die Wohnungstür und stellte sich mit verschränkten Armen davor auf, im Zentrum einer gestrichelten Linie, die bis ins Badezimmer zu seiner Linken, zur Wanne, führte. Er stellte sich vor, dass Aldino klopfte und sie ihm öffnete, obwohl sie entweder gerade aus der Wanne gestiegen war oder gerade ein Bad nehmen wollte, aber sie kannten einander ja gut und hatten in den letzten Tagen häufig miteinander telefoniert. Vielleicht besaß Aldino sogar einen Schlüssel für die Mansarde, aber das machte keinen Unterschied.

Er stellte sich Stefania Cresca im Bademantel ihres Mannes in der Junggesellenabsteige ihres Mannes vor: Seine Habseligkeiten sind noch da. Die, die sie am meisten hasst, wirft sie weg, die Kondome in den Papierkorb, die Jazzplatten zerbricht sie, doch sie ist vor jemand davongelaufen und hat sich in dieser Wohnung versteckt, keine Ahnung, vor wem und warum.

Eine schöne, große Frau, mit nassen roten Haaren, barfuß. Aldino vor ihr, blond, klein, mit einem Kindergesicht und kleinen Händen.

Er stellte sich vor, dass dann irgendetwas passierte, und er drehte sich zu der Ecke um, in der die Schreibmaschine stand: Aldino schlägt ihr mit dem Telefonhörer ins Gesicht, legt ihr die Schnur um den Hals, würgt sie mit seinen kleinen Händen, stößt den Stuhl um, kämpft und lässt von ihr ab. Er zwingt sie, sich an den Tisch zu setzen und das Kuvert zu beschriften, dann reißt er es ihr aus der Hand und wirft es in den Papierkorb. Vielleicht, dachte De Luca, war der Hebel, der die Buchstaben anhob, damit sie auf dem roten

Teil des Farbbands anschlugen, noch eingerastet, und tatsächlich, bei genauerem Hinsehen erkannte er, dass der Metallbügel im Zahnrad links blutverschmiert war.

Noch ein Kuvert, dachte er, doch warum muss ausgerechnet sie≈an der Schreibmaschine sitzen und schreiben? Weil sie danach etwas unterschreiben muss und deshalb gleich den ganzen Text schreiben kann? Halb erwürgt, während ihr das Blut vom Kopf und aus der Nase rinnt? De Luca schüttelte zweifelnd den Kopf. Er folgte den Blutspuren ins Bad. Bei den Fußbadrücken, die wie Strahlen auseinanderliefen, hielt er inne. Es roch faulig, Fliegen summten im Halbdunkel, stießen gegen die Wände aus weißem Resopal. De Luca machte das Licht an und stellte sich vor, wie Stefania hereingelaufen kam, nackt, der Bademantel war zu Boden gefallen, oder Aldino hatte ihn ihr heruntergerissen, er lief ihr nach, vielleicht tauchte er sie dann sogar mit dem Kopf ins Wasser, Aldino legte sich mit seinem ganzen Gewicht auf ihren Rücken, und dann war es aus.

Und danach? Aldino durchsucht die Wohnung, stellt alles auf den Kopf, nimmt den mit Maschine geschriebenen Text, wirft ihn in den Papierkorb, fast den ganzen Text, nur ein kleines Fitzelchen vergisst er, dann nimmt er auch die Kleider Stefanias an sich. Warum? Weil er nass und blutverschmiert ist, weil er so die Wohnung nicht verlassen kann und sich umziehen muss? Als Frau verkleiden?

De Luca versuchte sich Aldino in zu großen Frauenkleidern und in Männerschuhen vorzustellen, denn Stefanias Schuhe standen noch vor dem Schrank, er sah ihn so auf die Via Riva di Reno hinausgehen, und die Sache erschien ihm so absurd, dass er fast lachen musste. Vielleicht hätte er sogar laut aufgelacht, wenn Giannino ihn nicht in diesem Augenblick gerufen hätte.

– Kommen Sie mal her, Herr Ingenieur!

Er ging hin und sah Giannino auf dem Bettrand sitzen, die Dokumente, die er bereits untersucht hatte, lagen ordentlich auf einem Haufen am Boden, in der Hand hielt er zwei Papiere.

Zwei Rezepte, sie hatten dieselbe Farbe wie die, die sie in Giorginis Auto gefunden hatten.

– Dexamfetamin und Amphetamin, Herr Ingenieur. Zwei Medikamente, die einem dabei helfen, Spaß zu haben. Sehr beliebt bei jungen, vergnügungssüchtigen Studenten. Und bei Musikern natürlich, vor allem bei existenzialistischen Jazzmusikern.

De Luca musste an die beiden ausgelassenen Jungs denken, die nicht aufhören konnten zu lachen, auch Giannino musste an sie denken, denn wie er sagte, war er am Abend davor extra zu ihnen hingegangen, weil sie ihm merkwürdig vorgekommen waren.

– Sie sind auf Stefania Mantovani ausgestellt. Schauen Sie sich die Unterschrift des Arztes an, Herr Ingenieur … das könnte doch die eines gewissen Doktor Pirro sein?

De Luca nahm die Rezepte und hielt sie ans Fenster, um sie im Licht der Wintersonne besser lesen zu können.

– Wir dürfen keine übereilten Schlüsse ziehen, sagte er, – ich sehe nur das Gekritzel eines Arztes auf einem unleserlichen Stempel. Aber ja, die Rezepte sehen aus wie die, die wir im Handschuhfach des Topolino gefunden haben. – Er zählte an den Fingern ab, wobei er sie mit der Spitze des Zeigefingers verband wie mit einem Faden: Amleto Giorgini, Stefania Cresca, Aldo Scaglianti.

– Es ist an der Zeit, dass uns Aldino ein bisschen was erklärt.

Der Keller, in dem die Alma Mater probte, befand sich in einem großen Gebäude an der Via Saragozza, nicht weit vom Collegio di Spagna entfernt. Um zu ihm zu gelangen, musste man einen großen Hof mit Bäumen hinter einem schweren Holztor durchqueren.

Schon in der Zeit, in der De Luca Chef der Sittenpolizei in Bologna gewesen war, hatte er sich darüber gewundert, dass die Stadt von außen, von der Straßenseite her gesehen, aus Stein und Ziegeln zu bestehen schien, mit Porphyrwürfeln am Boden, und selbst der Himmel wirkte wie der Verputz in den Gewölben der Arkaden. Doch kaum öffnete man ein Haustor, tauchten Blumen, Büsche und hundertjährige Bäume auf, Gärten, so groß wie Plätze, Wälder fast, und sie erstreckten sich zwischen mehreren Häuserblocks bis zur Parallelstraße. Er hatte immer gedacht, wenn er mit einem kleinen Flugzeug tief über die Stadt flöge, würde er ihr grünes Herz zwischen den roten Dächern sehen. Vielleicht sah man es auch schon vom Asinello-Turm aus, dem höheren der beiden, doch er war nie hinaufgestiegen.

Als sie ankamen, war das Tor verschlossen. Sie hätten draußen im Auto warten können, doch De Luca zog es vor hineinzugehen, obwohl es noch nicht zehn Uhr war. Er wusste, wenn sie plötzlich auf Aldino zugingen – sofern er schon drin war – oder sie ihn im Hof in Empfang nahmen, würde ihn das aus der Fassung bringen und verletzlicher machen.

Es war ein luxuriöser Palazzo, ohne Portier, aber mit einer Gegensprechanlage mit einer Menge Klingelknöpfe. Giannino drückte ein paar, bis die Tür mit einem metallischen Knacken aufging. Sie gingen schnell hinein und versteckten sich unter einem Baum, damit man sie von den Fenstern, die in den Hof gingen, nicht sehen konnte.

Ganz hinten, hinter einer noch schneebedeckten Hecke, waren zwei kleine, weit offene Tore, hinter dem einen befand sich eine Treppe, die emporführte, hinter dem anderen eine, die hinunterführte, und als sie davor standen, erkannten sie am starken Modergeruch, dass die zweite in den Keller führte.

Giannino fluchte, und dabei sprach er das c von cane – Scheiße! – so behaucht aus, dass es fast wie ein Ächzen klang.

– Herr Ingenieur, ich bin wirklich ein Idiot. Ich habe die Rezepte im Auto liegen lassen.

– Du bist wirklich ein Idiot. Hol sie. Ich warte hier auf dich.

Er sah Giannino zu, wie er über den gefrorenen Kies lief, dann blickte er wieder in das Kellergewölbe hinunter und versuchte das Halbdunkel wie in einer Grotte zu durchdringen.

Ein langer Gang, mit Fliesen auf der gestampften Erde und Holztüren auf beiden Seiten, manche mit zusätzlichen Eisengittern. Die Tür zum Probenraum der Alma Mater war eine der ersten, das erkannte man an dem Plakat des Konzerts im Modernissimo, das an der Wand neben dem Türstock hing. De Luca lächelte in Gedanken an Claudia, doch er wollte sich nicht ablenken lassen und ging die Stufen hinunter.

Aldino war schon da, die Tür hinter dem Eisengitter war halb offen, aber De Luca wollte nicht allein hineingehen. Zwei Personen sind ein besserer Bulle als einer, das wusste er sehr gut, und er wollte Aldino einen ordentlichen Schreck versetzen.

Die Tür auf der anderen Seite des Gangs war nur von dem Eisengitter verschlossen und man konnte in den Raum hineinsehen. De Luca roch die Würste und Schinken, noch bevor er sich umgedreht und umgesehen hatte, sie hingen an Holzbalken von der Decke, und die Weinflaschen dahinter waren pyramidenförmig an den Wänden geschlichtet. Sein Magen knurrte plötzlich vor Hunger und das Wasser lief ihm im Mund zusammen. Wie immer hatte er nur einen Kaffee zum Frühstück getrunken, auf einmal verspürte er ein so großes Verlangen nach einem Brötchen, dass er die Zähne zusammenbiss.

Sobald er mit Aldinos Verhör fertig war, würde er sich von Giannino in eine Salumeria ins Zentrum fahren lassen, wo die Wurstschneidemaschinen so groß wie Lastwagenreifen waren und

Mortadellascheiben so groß wie Laken abschnitten, und als er Giannino hinter sich hörte, sagte er, *Hör zu, du kennst wohl eine* …, doch er hatte keine Zeit, noch was hinzuzufügen, denn es war nicht Giannino.

Es war Teufelsfratze.

De Luca griff zur Pistole, konnte sie jedoch nicht aus der Manteltasche ziehen. Wie ein Kanonenschuss traf ihn die mächtige Faust in der Magengrube und raubte ihm augenblicklich den Atem; er riss den Mund auf, um Luft zu bekommen, dann krümmte er sich vor Schmerz. Infolge eines Schlags auf den Nacken, der knallte wie eine Ohrfeige, fiel er durch die offene Kellertür nach vorn, er fiel auf die Knie und kotzte braunen Schaum aus, den Kaffee vom Frühstück.

Er erwartete noch etwas, er hatte Angst davor, mehr noch, Todesangst, eine Angst, die ihn daran hinderte, sich zu bewegen und an etwas anderes zu denken als an den Schmerz, der so scharf war wie eine Klinge, die ihn entzweischnitt.

Aber es passierte nichts.

Er hätte nicht sagen können, wie lange er so auf der Schwelle des Kellers kniete, mit den Händen auf dem Teppich, der den Boden bedeckte, und einem Brennen in der Kehle, das fast noch stärker war als das im Magen. Irgendwann hörte er, dass Giannino ihn rief: *Herr Ingenieur, Herr Ingenieur!* Es gelang ihm, den Kopf zu heben, und er vergaß augenblicklich den Schmerz.

Vor ihm, inmitten der Instrumente auf den Ständern, dem Schlagzeug auf dem Sockel, den Fotos der Jazzmusiker und den Konzertplakaten an der Wand, war Aldino.

Er hing an einem Balken, mit schiefem Hals und der Zunge zwischen den Lippen, auf der die Zähne Spuren hinterlassen hatten.

Seine Knie waren eingeknickt, denn er berührte den Boden mit den Zehenspitzen.

Der Wunsch, ein Mortadellabrötchen zu essen, war verschwunden, zunichtegemacht vom Sodbrennen, vom Anblick des erhängten Aldino und von einem Gedanken, der sich langsam Bahn brach und alle anderen Gedanken zum Verschwinden brachte. Es gab auch noch einen zweiten Gedanken, doch der erschien im Augenblick nicht so wichtig.

Sie liefen beinahe davon. Es war ziemlich wahrscheinlich, dass man sie gesehen hatte, nachdem sie geklingelt hatten. Sie hatten keine Zeit, den x-ten Tatort unter die Lupe zu nehmen oder vielleicht sogar Giannino im Auto loszuschicken, um die Leica zu holen und Aldino zu fotografieren, wie es De Luca für gewöhnlich gemacht hätte. Wenn jemand, vielleicht sogar die Polizei, sie hier mit einem weiteren Toten überrascht hätte, wäre alles aus gewesen.

Dann fiel ihm etwas ein.

– Um Himmels willen, Herr Ingenieur, das war ja ganz knapp! Wenn er Ihnen einen Messerstich verpasst hätte und nicht einen Schlag! Und ich war nicht da!

Giannino fuhr rasch, wie auf der Flucht. Er war nervös, seine Fingerknöchel waren weiß, so fest umklammerte er das Lenkrad. Kein Werbelächeln mehr, keine Ironie, er weinte beinahe.

– Weißt du, Giannino, sagte De Luca, – weißt du, was das größte Rätsel bei dieser ganzen Geschichte ist? Du bist es.

– Ich, Herr Ingenieur?

Er war auf der Via Saragozza unter dem Stadttor hinausgefahren und blieb bei einem Café unter den Arkaden stehen, dessen Schild beleuchtet war.

– Ich muss was trinken, sagte er.

– Versuchst du abzulenken?

– Nein, Herr Ingenieur. Wieso?

De Luca hielt die Pistole in der Tasche des Mantels, er hatte sogar den Finger am Abzug. Er suchte Gianninos Blick. Er dachte, unglaublich, wie aufrichtig er wirkte.

– Woher wussten sie von Aldino? Woher wussten sie, dass wir uns ausgerechnet heute Vormittag treffen würden? Hatten wir wirklich um zehn Uhr einen Termin? Und warum bist du unter einem Vorwand verschwunden und hast mich mit Teufelsfratze allein gelassen?

Am liebsten hätte er die Fragen an den Fingerspitzen abgezählt, doch das ging nicht, weil er die Pistole hielt und sie in der Tasche auf Giannino richtete. Bei der ersten falschen Bewegung würde er ihn durch den Stoff hindurch erschießen.

Doch Giannino machte nichts. Er schien die Pistole nicht einmal zu bemerken, er sah De Luca mit offenem Mund an, offenbar wirklich drauf und dran, in Tränen auszubrechen.

– Aber, sagte er, – aber …

– Mach dich nicht über mich lustig. Sie haben dich zu mir geschickt, um mir zu helfen, sie haben dich mir angehängt, mit dem Auftrag, mich zu bespitzeln und meine Untersuchung zu sabotieren. Was machst du, befolgst du Befehle? Oder erpressen sie dich, weil …

Er hob die freie Hand, hielt jedoch mitten in der Bewegung inne, weil Gianninos Gesichtsausdruck sich verändert hatte. Seinem Blick zufolge war er noch immer drauf und dran zu weinen, doch die Lippen hatten sich zu seinem typischen spöttischen Lächeln verzogen, doch diesmal war es nicht ironisch oder belustigt, sondern wütend.

– Weil ich was bin, Herr Ingenieur? Ein Perverser? Ein Arschficker, eine Schwuchtel, ein Sodomit? In den Zeitungen ist der Begriff *Warmer* am beliebtesten, in Bologna sagt man *busone*, wir in

Florenz hingegen sagen *buco*, – er behauchte das c so intensiv, dass er husten musste. – Wie sagen Sie, Herr Ingenieur? Was für eine Geste wollten Sie machen? Diese? – Mit der Fingerspitze berührte er den Rand eines Ohres und bewegte es hin und her. – Oder diese? – Er bewegte den Arm mit der geschlossenen Faust vor und zurück wie einen Kolben, und zwar so heftig, dass er auf die Hupe schlug.

De Luca fuhr hoch und ließ die Pistole los, weil er schon fast den Abzug gedrückt hatte. Mit dieser Reaktion hatte er nicht gerechnet, vor allem hatte er nicht diesen Tonfall erwartet, aber er sagte nichts und schwieg, damit Giannino sich ein wenig beruhigen konnte.

– Sicher erpressen sie mich, ist doch klar! Sie hätten mich nicht genommen, wenn ich nicht erpressbar wäre! Und Sie? Warum, glauben Sie, haben sie Sie genommen, Herr Ingenieur, nur weil Sie so tüchtig sind? Sie haben Sie genommen, weil sie Sie an den Eiern haben, genau wie mich! Und das ist kein Wortspiel!

Spöttisches Lächeln, jedoch nach wie vor wütend, er hatte sich nur ein wenig beruhigt. De Luca schwieg noch immer. Er senkte den Blick.

– Natürlich haben sie mich beauftragt, Sie zu bespitzeln, das ist ja klar, um Himmels willen! Sie vertrauen Ihnen nicht, warum sollten sie auch? Der Commendatore hat klipp und klar zu mir gesagt, berichte mir alles, was der Kommissar tut, kleb dich an seinen Arsch, keine Ahnung, ob das ein Wortspiel ist. – Noch immer kein Lächeln.

– Aber ich habe es nicht getan, ich habe ihm nur das unbedingt Notwendige erzählt, das Offensichtlichste, und seit einigen Tagen habe ich mich gar nicht mehr bei ihm gemeldet. Auch von Aldino habe ich am Anfang erzählt, er schien nicht so wichtig zu sein, aber ich habe ihm nichts von Teufelsfratze erzählt, nichts von den Russen, nichts von den Rezepten. Und ich habe ihm auch nichts von dem Mädchen erzählt. Wissen Sie, warum, Herr Ingenieur?

De Luca schüttelte den Kopf, obwohl Giannino offensichtlich auf keine Antwort wartete. Und er redete auch voller Elan weiter.

– Weil ich Sie mag. Ich meine, Sie sind mir sympathisch. Bilden Sie sich jetzt nichts ein, Herr Ingenieur, Sie sind nicht mein Typ, viel zu dünn und zu alt. Aber Sie sind mir sympathisch, und Sie tun mir leid, und außerdem will auch ich herausfinden, wer die Frau umgebracht hat, das ist wie in einem Krimi. Und außerdem, entschuldigen Sie das Schimpfwort, habe ich es satt, dass man mich an den Eiern hat, und ich möchte ausnahmsweise mal die anderen in den Arsch ficken, – und er fügte ironisch und spöttisch hinzu: *Entschuldigen Sie das Wortspiel.*

– Aber woher wussten sie, dass wir an diesem Vormittag ..., setzte De Luca an, doch er hielt sofort inne, denn er kannte bereits die Antwort.

– Das Telefon, sagte Giannino. – Das wissen Sie besser als ich, Herr Ingenieur, mein Vater sagt immer zu mir, wie viele Menschen wurden seinerzeit, ich meine zu Ihrer Zeit, abgehört? Nun, heutzutage sind es vielleicht weniger, aber auch nicht sehr viel weniger. Es war idiotisch von uns, dass wir Aldino zu Hause angerufen haben.

*Ja,* dachte De Luca, und kam sich sehr dumm vor. Er hatte Claudia vom Apparat in der Pension aus angerufen, vielleicht wurde auch der abgehört.

– Gehen wir, sagte er und drückte die Klinke, um die Tür zu öffnen. Er brauchte dringend einen Kaffee, obwohl ihm danach das Sodbrennen Tränen in die Augen treiben würde.

Giannino trank mit kleinen Schlucken einen Sambuca, die Lust auf etwas Starkes war ihm vergangen.

– Herr Ingenieur, sagte er mit einem Lächeln, das nicht mehr zornig und auch nicht spöttisch, sondern nur ein wenig traurig war, – ich verstehe, dass Sie mir nicht vertraut haben, in unserer

Welt vertraut niemand niemandem, natürlich nicht, das ist ganz klar. Mich kränkt jedoch, dass Sie glaubten, ich hätte versucht, Sie umbringen zu lassen. Ich schwöre, ich habe die Rezepte wirklich im Auto vergessen.

De Luca nickte. Bei gewissen Dingen, etwa um Entschuldigung zu bitten oder Gefühle zum Ausdruck zu bringen, war er nicht sehr gut. Er tat, als ob nichts wäre, wie immer in solchen Fällen. Er unterdrückte das Sodbrennen, biss die Zähne zusammen und sagte: Ich weiß, wer Teufelsfratze ist.

– Hans Helmut Hase, sagte Giannino und De Luca fügte hinzu: Genannt Der Deutsche.

Nachdem er Giannino erzählte hatte, dass er Teufelsfratze erkannt hatte und wahrscheinlich wusste, wer er war, hatte Giannino mit den Fingern geschnalzt. Dann hatte er sich vom Barmann eine Handvoll Telefonmünzen geben lassen und war zu dem Apparat neben der Toilettentür gegangen.

Jetzt war er wieder da und spielte mit den bronzefarbenen Jetons, die ihm übrig geblieben waren, er ließ sie auf dem Tisch kreisen, was ein unangenehmes leises Geräusch verursachte. Doch De Luca achtete gar nicht darauf, er war gefesselt von dem, was Giannino ihm erzählte.

– Mein Vater kennt ihn gut. Er hat Deutsche rekrutiert, die am Ende des Kriegs beinahe eine auf die Rübe bekommen hätten, aber danach von Nutzen waren. SS, Gestapo, Himmlers Geheimdienst … Diesen Hans Hase hat er aus einem Schrank gezogen, in dem er sich vier Tage lang versteckt hatte, in einem Dorf außerhalb Mailands.

De Luca nickte. Er hatte Hase kennengelernt, als dieser SS-Offizier gewesen war und in der Zone, in der auch seine Gruppe operierte, als Verbindungsoffizier zwischen der italienischen und der deutschen Polizei tätig gewesen war. Er erinnerte sich an den Deutschen, obwohl er damals noch keine Teufelsfratze gehabt hatte. Aber er hatte ihn nie gemocht, seine Art hatte ihm nicht zugesagt und auch nicht das, was er getan hatte. Das war einer der Gründe gewesen, warum er um seine Versetzung von der Staatspolizei zur Kriminalpolizei gebeten hatte.

Er verscheuchte den Gedanken, einerseits, weil er mehr über Hans Hase erfahren wollte, andererseits, weil ihm die Sache peinlich war. War es wirklich so gewesen? Oder war er nur deshalb gegangen, weil er Angst hatte, ebenfalls ein schlimmes Ende zu nehmen?

– Mein Vater, fuhr Giannino fort, – hat ihn jedenfalls auf einen Jeep mit der amerikanischen Flagge geladen, ihn mit einer Militärplane zugedeckt, und los ging's. Zuerst haben sie ihn nach Deutschland geschickt, zur Gehlen-Gruppe, aber da er eher auf italienische Kommunisten spezialisiert war und nicht auf die der DDR, haben sie ihn wieder zurückgeschickt. Unter falschem Namen natürlich.

– Für wen arbeitet er?, fragte De Luca.

– Zuerst für die Engländer, jetzt für uns Italiener: SIFAR, Nachrichtendienst der Streitkräfte, verschiedene Dienste ... Aber er ist nirgendwo fix engagiert, er ist eher ein Freischärler.

– Sicher hat er auch für uns gearbeitet, sagte De Luca und sprach das „uns" mit einem gewissen Widerwillen aus, – wenn es stimmt, dass er Cresca im Auftrag der Sonderabteilung „unseres" – wieder mit Widerwillen – Dienstes umgebracht hat. Wir müssen überprüfen, ob er bei uns oder den anderen weitergemacht hat. Angesichts seiner politischen Ideen aber gewiss nicht bei den Russen. – De Luca schüttelte den Kopf. – Das ist eine ausschließlich italienische Angelegenheit. Weiß man, wie er zu Teufelsfratze geworden ist?

Giannino hatte ein neues Spiel erfunden. Er ließ den Jeton kreisen, fing ihn jedoch kurz vor dem Umfallen nicht auf, sondern beobachtete, auf welche Seite er fiel: ob jene mit der Rille in der Mitte oben zu liegen kam oder jene mit der aufgeprägten Schrift „Teti". De Luca reichte es, er streckte die Hand aus und nahm den Jeton an sich.

Man weiß ja …, sagte Giannino boshaft, – man weiß ja, dass unserem deutschen Freund junge Mädchen gefallen, nicht gerade Kinder, aber jung und unberührt sollen sie wirken, das genügt ihm. Und er geht gern durch die Hintertür, keine Ahnung, ob Sie mich verstehen, – Giannino neigte sich zur Seite und klopfte sich ein paarmal auf die Hinterbacke. Dann richtete er sich wieder auf, denn der Barmann brachte den Kaffee.

De Luca war derart in Gedanken versunken, dass er es fast nicht bemerkte. Er hatte eine Idee, der bittere Geruch des Kaffees vermochte ihn kaum abzulenken.

– Bei seiner Rekrutierung hat er gleich darum gebeten, Herr Ingenieur. Er wollte einen Haufen Geld, einen neuen Namen und ein williges Mädchen. – Giannino lachte. – Sie kennen meinen Vater nicht, Herr Ingenieur, er ist ein großer Moralist, ein Puritaner, er hat eine Dame aus San Vincenzo geheiratet und musste ein Luder für ihn suchen, das aussah wie ein Schulmädchen, und sie ihm in sein Versteck bringen. – Giannino beugte sich über den Tisch und sprach leise, obwohl es nicht notwendig war. – Doch als Hase sich über ihre Lustgrotte hermachen wollte, – er klopfte sich wieder zweimal auf die Hinterbacke, – gab es ein Problem. Das Fräulein war nicht darauf vorbereitet, man hatte es ihr nicht gesagt, sie weigerte sich, unser Freund wurde wütend, und sie hat ihm eine mit dem Schürhaken übergebraten. Sie hat ihm den Schädel, die Augenbraue, das Jochbein gespalten. – Mit dem Fingernagel zeichnete Giannino eine Furche von den Haaren bis zum Mund, – so ist er zu Teufelsfratze geworden.

– Und das Mädchen?, fragte De Luca instinktiv. Er wusste es allerdings schon.

– Er hat sie umgebracht. – Er legte die Hände zusammen, als würde er etwas ganz fest packen.

De Luca runzelte nachdenklich die Stirn, dann nahm er die Kaffeetasse. Er war kalt geworden, doch er trank ihn trotzdem. Er streckte die offene Hand aus.

– Gib mir noch einen Jeton, sagte er. – Ich muss ein paar Anrufe machen.

Beim ersten Anruf wusste er die Nummer auswendig. Es waren fünf Jahre vergangen, doch er bezweifelte, dass er sich verändert hatte. Als er im Hintergrund das langsame, stockende Klappern der Schreibmaschine hörte, als würde ein Beamter mit zwei Fingern schreiben, wusste er, dass er an der richtigen Stelle war, noch bevor der wachhabende Polizist antwortete.

– Sittenpolizei, was kann ich für Sie tun?

Und auch Di Naccio war noch da, er war jetzt Maresciallo. De Luca hörte, wie die Wache ihn mit diesem Titel rief, und er sah ihn ganz deutlich vor sich: eng gebundene Krawatte, schlabbriges Sakko auf den abfallenden Schultern, langes, trauriges Polizistengesicht, und immer die Kappe auf dem Kopf, selbst im Büro, nur etwas nach hinten geschoben.

– Kommissar!, sagte er zu ihm, – Kommissar, was für eine Freude!

Als De Luca die aufrichtige Freude in der Stimme des anderen vernahm, spürte er einen Knödel im Hals.

Beim zweiten Anruf musste er die Nummer allerdings von einem Zettel ablesen, er hatte sich Telefonnummern nie gut auswendig merken können.

141

Er hatte sich darauf eingestellt, dass das Telefon ein paarmal klingelte und er ein höfliches *Guten Tag, entschuldigen Sie bitte, ich hole sie* hören würde, doch Claudia hob gleich ab, und ihre Stimme war so leise und heiser, dass er sie kaum erkannte.

Auf dem Land gab es noch Kriegsruinen, doch offensichtlich war man drauf und dran, sie wegzuräumen und neue Gebäude zu errichten. Die Straße war neu und von Straßenlaternen hell beleuchtet, doch abgesehen davon hatte man das Gefühl, mitten auf dem Land zu sein. Bauernhäuser, blattlose Pergolen, Holzstapel, eine geöffnete Trattoria, dichter Rauch drang aus dem Schornstein und verlor sich am dunklen Abendhimmel. „Frösche und Fisch" stand in einem Rechteck, das man auf die Ziegelmauer gezeichnet hatte, und aufgrund des Stimmenlärms war anzunehmen, dass die Trattoria voll war.

Gleich dahinter befand sich Claudias Haus. Um es zu erreichen, musste man durch den Hof der Trattoria, der jetzt zwar schneebedeckt, im Sommer wahrscheinlich aber sehr schön war, mit den Tischen draußen und dem intensiven Geruch nach Gegrilltem. Auch De Luca war merkwürdigerweise plötzlich hungrig, er dachte, wenn Claudia noch nicht gegessen hatte, konnte er sie hierher einladen.

Sie öffnete ihm die massive Holztür. De Luca hörte, wie drinnen der Riegel weggeschoben wurde. Sie trug einen dicken Wollpullover mit Rollkragen, den sie bis zur Nase hochgezogen hatte, eine zu große Arbeitshose und Militärstiefel. Schon an ihren Augen erkannte er, dass sie Fieber hatte.

Sie zog ihn hinein, weil sie aufgrund der Kälte fror, lief zum Sofa vor dem Kaminfeuer, legte sich hin und zog den Pullover über die Knie. Das Zimmer war groß, die Küche eines Bauernhauses mit einer Treppe, die ins obere Stockwerk führte, nur direkt vor dem Kamin war es nicht eiskalt.

– Geht es dir nicht gut?, fragte De Luca.

– Hörst du das nicht an meiner Stimme? Ich habe mir einen Schnupfen geholt … Ich war ja gestern nicht hier. Ich musste mit dem Orchester meines Vaters in die Romagna fahren.

– Tiefe, heisere Stimme, sehr sinnlich.

– Ja, natürlich. Vielleicht für Blues, aber nicht für *Bèla Bulagna*.

– Sie trällerte: *A Bologna cè tutto di bello, l'è dal mònd la piò bèla zité*, In Bologna ist alles schön, das ist die schönste Stadt auf der Welt, doch ihre Stimme ging in einem Hustenanfall unter. Aber sie war tatsächlich weich und sanft, selbst heiser klang sie noch sehr sinnlich.

De Luca setzte sich neben Claudia, sie rutschte auf dem Sofa zur Seite und schmiegte sich an ihn. Er legte ihr einen Arm um die Schultern und drückte sie.

– Eigentlich wollte ich dich zum Abendessen einladen, sagte er. Claudia zeigte auf einen Topf auf dem Sparherd. Es roch nach Fleischbrühe.

– Du schaust nicht aus wie einer, der Mädchen zum Essen einlädt. Ich glaube, du legst keinen großen Wert auf Essen.

– Ich habe nie Appetit.

– Das sind die schlechten Gedanken.

– Ja, vielleicht. Bestimmt sogar.

– Wenn du mich zum Essen einladen willst, musst du einen besonderen Grund haben. Hast du einen Ring in der Tasche? Kniest du dich jetzt hin und machst mir einen Antrag?

Sie scherzte und De Luca lächelte.

– Ich bin gekommen, weil ich dich ein paar Dinge fragen und dir ein paar Dinge sagen wollte.

– Ach? Ich dachte, dass du mich sehen wolltest.

– Das auf jeden Fall.

Das sagte er so unvermittelt und aufrichtig, dass Claudia lächeln musste, aber nicht belustigt, sondern glücklich wie De Luca davor. Sie kniete sich auf das Sofa, packte ihn am Mantelkragen und drückte ihn nach hinten auf die Kissen. Sie glühte vor Fieber. Das spürte De Luca, als Claudia sich den Pullover über den Kopf zog und er ihre Hüften berührte. Auch ihre Lippen glühten, sogar die Zunge.

– Du bist krank …, sagte De Luca aufs Neue, aber sie schüttelte den Kopf.

– Nicht krank genug.

Sie hatte den dicken Pullover wieder angezogen und ihn über die Knie gezogen, aber jetzt hatte sie nackte Beine und nackte Füße, sie streckte sie auf dem Sofa aus. Sie blies auf die heiße Brühe in der Tasse. Auch De Luca hatte eine Tasse in der Hand und wartete mit knurrendem Magen, denn er hatte sich die Zunge verbrannt.

Nur die Flammen des Kaminfeuers erhellten das Zimmer. Sie beleuchteten Claudias vom Fieber gerötetes Gesicht und zeichneten zwei dunkle Schatten unter ihre Augen, die noch dunkler waren als ihre Haut. Sie war trotzdem schön und De Luca stellte sich vor, dass sein bleiches Gesicht in diesem Licht wahrscheinlich aussah wie ein Totenschädel.

– Wir sind gleich nach dem Krieg hierhergezogen, sagte Claudia. – Die Trattoria war schon da und mein Vater ist verrückt nach Fröschen, als er gesehen hat, dass hier ein Haus vermietet wurde, hat er es gleich genommen.

– Hast du dir nie überlegt, nach Asmara zurückzugehen?, fragte De Luca.

Es gefiel ihm, ihr beim Reden zuzusehen, ihr zuzuhören, aber er wollte sie dabei auch sehen. Die Lippen glitten dabei über die weißen Zähne, und wenn sie zwischen den einzelnen Sätzen nachdachte, bildete sich auf der Stirn zwischen den Augenbrauen eine kleine Falte.

– Mein Vater wollte nicht. Zu viele böse Erinnerungen. Die Faschisten, die Prügel, der Tod meiner Mutter.

– Und du?

Es gefiel ihm, ihr zuzusehen, wie sie von sich sprach, die kleinen Falten in den Mundwinkeln, wenn sie die Lippen zusammenpresste.

– Ich kann mich gar nicht an Asmara erinnern. Ich war zu klein. Was wolltest du mir sagen? Hast du Beweise gefunden, dass Stefania Mario umgebracht hat?

– Nein, sie hat nichts damit zu tun.

Claudia warf ihm einen Blick zu. Rasch, aber intensiv. Enttäuscht.

– Eigentlich ... wahrscheinlich war es doch kein Verbrechen. Wahrscheinlich war es wirklich ein Unfall. Ja. Wir haben Beweise gefunden ... sicher sogar.

Noch ein schneller, intensiver Blick. In ihm lag nicht nur Enttäuschung, sondern auch was anderes. Missfallen. Entsetzen beinahe.

– Dann ist deine Untersuchung beendet. Deine Arbeit ist erledigt.

War sie deshalb so traurig? Weil er sie jetzt verlassen würde?

De Luca stellte seine Tasse auf den Boden und rückte auf dem Sofa näher zu Claudia. Er knöpfte seine Hose zu, denn er kam sich lächerlich vor, und dabei überlegte er, was er zu ihr sagen sollte. Er war noch nie gut darin gewesen, seine Gefühle zum Ausdruck zu bringen, er hatte schon darüber nachgedacht, aber es gab so viele Dinge, die wie Mühlsteine auf seiner Seele lagen, die ihm die Luft zum Atmen nahmen, Ereignisse, Lügen, Erinnerungen, er konnte sie nicht länger bei sich behalten, als ob nichts wäre.

Er konnte ihr nicht alles erzählen, das wollte er gar nicht, aber zumindest ein bisschen was. Er wusste nicht, wo er anfangen sollte.

– Hör zu, Claudia … Ich bin kein Versicherungsdetektiv.

– Ach, nicht? Was dann?

– Polizist.

Claudia sagte nichts. Sie betrachtete die Brühe in ihrer Tasse, als ob sie nicht gehört hätte, die Augenringe schienen im Licht des Feuers noch dunkler. Sie schniefte und das Schniefen ging wieder in einen Hustenanfall über.

– Ich und mein Freund haben den Auftrag, in einem Mordfall zu ermitteln. Inkognito.

– Dem Mord an Mario?, flüsterte Claudia. Ihre Stimme war jetzt so leise, dass De Luca sie kaum hörte.

– Nein. Vergiss Mario. Das war ein Unfall.

*Erste Lüge,* dachte De Luca, erste Lüge, die schwer auf ihm lastete.

– Ich ermittle im Mordfall Stefania Cresca.

Claudia nickte. Ihre Augen glänzten, aber offenbar nicht nur wegen der Erkältung. Sie zog den Rotz hoch.

– Du bist also kein Musik-Impresario und auch kein Versicherungsdetektiv. Du bist Polizist. Und wie heißt du wirklich?

– Morandi, sagte De Luca, – Kommissar Morandi.

*Zweite Lüge.* So schwerwiegend wie die erste.

– Hast du auch einen Vornamen, Kommissar Morandi?

– Giovanni, sagte De Luca. Der Name stand in seinen Papieren, aber er benutzte ihn nie.

Claudia drückte die Tasse so fest, als wolle sie sie zerbrechen. Gleich wirft sie sie mir an den Kopf, dachte De Luca.

– Du bist Polizist ... ein Bulle. Und du bist hier, um herauszufinden, wer Stefania umgebracht hat, flüsterte Claudia.

– Und Aldino.

– Aldino? – Claudia schrie vor Überraschung beinahe auf, doch die Heiserkeit erstickte ihre Stimme.

– Aldino? Wie ... wann?

– Heute Vormittag, sagte De Luca. – Er hat sich aufgehängt, aber ich glaube, nicht ohne fremde Hilfe. Morgen steht es in der Zeitung.

Claudia warf ihm die Tasse nicht an den Kopf, sondern trank die Brühe. Ein langer Schluck, danach war sie weniger heiser, sie keuchte, mit dem Blick im Leeren.

– Aber warum?

– Das ist eine komplizierte Geschichte. Ich glaube, beziehungsweise ich bin mir sicher, dass Aldino Geschäfte mit einem Arzt und einem Drucker machte, dass er mithilfe gefälschter Rezepte Drogen verkaufte und dass auch Signora Cresca damit zu tun hatte.

– Haben sie ihn deswegen umgebracht? Und auch Stefania?

– Keine Ahnung. Hast du nie was darüber gehört? Aldino, der Drucker Giorgini, Doktor ...

– Aldino hatte immer etwas, wenn man ihn darum bat. Für Musiker vor allem, aber auch Studenten, Freunde ... Er war ja Apotheker, oder?

– Das hast du mir nicht gesagt.

– Und wem hätte ich es sagen sollen? Dem Impresario? Dem Versicherungsdetektiv? Dem Polizisten?

Claudia machte noch einen Schluck, sie hatte zornig antworten wollen, doch die Stimme hatte ihr versagt. De Luca machte dasselbe, er trank seine Brühe, die seinen Magen wärmte und ihn mit einem unangemessenen Behagen erfüllte. Sie blickte derweil wieder mit glänzenden Augen ins Leere und zog den Rotz hoch. Sie war auch ein wenig von ihm weggerückt, aber nur so weit, dass sie ihn nicht mehr berührte.

– Hör zu, Claudia, sagte De Luca nach einer Weile. – Es gibt da einen großen furchterregenden Kerl, wir nennen ihn Teufelsfratze, weil er nur ein Auge hat. – Er machte eine Geste. – Hast du jemals so einen gesehen? Früher, jetzt, dieser Tage ... Ist dir so einer jemals aufgefallen?

Claudia schüttelte wortlos den Kopf. Sie blickte De Luca hinter einem Tränenschleier an, doch er verstand diesen Blick nicht, was auch immer er besagte.

– Willst du, dass ich gehe, sagte er zu ihr, doch es war keine Frage, er machte sich schon den Gürtel zu. Sie legte jedoch die Hand auf die seine und gebot ihm Einhalt.

– Mein Vater kommt erst morgen zurück und ich will heute Nacht hier nicht allein sein. Bleib bei mir.

De Luca nickte. Sie rückte zu ihm, in seinen Mantel eingemummelt wie in eine Decke, die nackten Füße auf seinem Schenkel, die Beine an seine Brust gedrückt und der Rest in seinen Armen, wie ein Kind.

– Mein ganzes Leben habe ich mit Lügen zugebracht, selbst wenn sie wahr sind. Ich bin Claudia und Franca, ich bin Italienerin und ich bin Afrikanerin, ich singe Jazz und bolognesische Lieder, ich bin hin- und hergerissen und komme mir abhanden, ich weiß nicht mehr, wer ich bin. Sei also wenigstens du ehrlich zu mir. Keine Lügen mehr.

– Ist gut, log De Luca. – Keine Lügen mehr.

Später, als sie unter der Decke lagen, die sie sich bis zu den Ohren hochgezogen hatten, presste sie sich an ihn, glühend vor Fieber. Sie unterhielten sich, und ihm gefiel es, sie im Licht einer Kerze zu betrachten.

De Luca erwähnte Aldino.

– Er war ein Idiot, flüsterte Claudia. – Vor allem tut es mir wegen der Alma Mater leid. – Jetzt bin ich zur Hälfte arbeitslos.

– Das kann dir doch egal sein. Du wirst eine Platte aufnehmen.

– Ich mache nur Probeaufnahmen, sagte Claudia leise, nach kurzem Schweigen.

– Es wird sehr gut laufen, sagte De Luca, und auch das unvermittelt und so aufrichtig, dass sie lächeln musste. – Du bist sehr gut. Du weißt, was du willst. Du hast doch gesagt, du weißt, was du willst, oder?

– Und was will ich deiner Meinung nach?

– Du willst Jazzsängerin sein.

De Luca spürte, wie sie an seiner Brust nickte. Dann spürte er, wie sie zusammenzuckte, als ob sie ein Schluchzen unterdrückte. Er wollte etwas zu ihr sagen, doch sie küsste ihn heftig, fast wütend, sie presste ihre Lippen auf seinen Mund, die genauso glühten wie der nackte Körper.

Danach schlief sie ruhig, atmete den Rest der Nacht leise und ruhig, als ob die Erkältung abgeklungen wäre.

De Luca blieb bis zum ersten Hahnenschrei im Morgengrauen wach.

Er hatte gehört, wie sie im Schlaf weinte, und das hatte ihm eine überwältigende Zärtlichkeit eingeflößt. Seine Ängste waren verschwunden, doch das hatte nicht ausgereicht, um einzuschlafen. Er hatte sich in eine Frau verliebt, der er nicht sagen konnte, dass er einer Organisation angehörte, die ihren Freund umgebracht hatte. Gut, nicht er persönlich hatte ihn umgebracht, er billigte es nicht und es gefiel ihm auch nicht, aber das hätte für sie keinen Unterschied gemacht.

Jetzt genauso wie früher.

Er hätte nur sagen müssen: „Bin ich Polizist?"

## 30. Dezember 1953, Mittwoch

Am Tag darauf passierte so gut wie nichts, abgesehen davon, dass ihnen Commendatore D'Umberto wieder einen Besuch abstattete. Er beorderte De Luca zur üblichen Uhrzeit in die übliche Bar am Bahnhof, um wie üblich Creme-Bomboloni zu verschlingen. Alles war wie immer, sogar der schläfrige Kellner, mit Ausnahme der Dekoration, keine Weihnachts-, sondern Silvestergirlanden.

Giannino hatte ihn bei Claudia zu Hause angerufen. Zuerst hatte er sie aus dem Bett geholt, er hatte ihr einen Mordsschreck eingejagt, sie fürchtete, ihrem Vater sei etwas passiert, und dann ihn, er war gerade eingeschlafen.

De Luca erstattete einen schnellen Bericht, der beinahe genau so klang wie der erste. Allerdings ließ er alles aus, was sie herausgefunden hatten und was in gewisser Weise den Rest der Untersuchung gefährden hätte können.

Das war nicht schwierig, denn der Commendatore schien sich ohnehin mehr für die Bomboloni zu interessieren und war in Gedanken ganz bei dem anderen Fall, wegen dem er nach Mailand fahren musste.

– Die Montesi-Affäre unten in Torvaianica wird immer unangenehmer, sagte er mit vollem Mund, – schön langsam werden auch Freunde mit hineingezogen. Aber wisst ihr, was mir am meisten auf die Nerven geht? Inzwischen ist es ein rein römischer Fall, und ich muss nicht mehr nach Mailand fahren. De Luca, liefere mir einen

Grund, dass ich wenigstens nach Bologna fahren muss, mein Sohn, setz deine Spürnase ein.

Den Rest des Tages verbrachten Giannino und De Luca damit, darauf zu warten, dass es Abend wurde.

De Luca wollte zu Claudia zurück, er hatte sie fiebernd zurückgelassen, er wusste, dass es ihr schlecht ging und dass sich nur Signor Paride um sie kümmerte.

Giannino wollte mit der Untersuchung weitermachen, etwas tun, die Spürnase einsetzen, wie Commendatore D'Umberto gesagt hatte.

Auch De Lucas Jagdinstinkt war erwacht, doch er wusste aus Erfahrung, dass sie an einem Punkt angekommen waren, wo man nur noch warten musste. Wie an einem Posten. Einem Hinterhalt.

– Wir müssen nur darauf warten, dass er in die Falle geht. Aber wir dürfen ihn nicht entkommen lassen. Er ist unser letzter Zeuge.

– Der letzte Zeuge?, fragte Giannino, denn De Luca hatte es zu sich gesagt, als würde er Selbstgespräche führen, allerdings laut. – Wer soll das sein?

– Der Deutsche. Teufelsfratze.

## 31. Dezember 1953, Donnerstag

Die Falle schnappte am Tag darauf, gegen Abend, zu.

Maresciallo Di Naccio rief De Luca in der Pension an und De Luca rief Giannino in seinem Untermietzimmer an. Er gab ihm eine Adresse, zu der er sich sofort begeben sollte, er sagte, er brauche ihn nicht abzuholen, denn das Haus war gleich um die Ecke, wenn er zu Fuß ging, war er schneller dort als Giannino im Auto.

Die Via delle Oche war eine sehr enge Gasse, auf halber Höhe befand sich eine Schmalstelle, eine Arkade, fast ein kleiner Turm. De Luca kannte sie gut, sehr gut sogar, denn hinter jeder Tür und hinter jeder Lünette befand sich ein Bordell, und als Chef der Sitte von Bologna hatte er sie alle besucht. Eines im Besonderen, auf Nummer 16, dort war ein Mord geschehen, doch das war eine alte Geschichte, das interessierte niemanden mehr.

Zwischen den beiden Häusern auf der anderen Seite war ein Spruchband gespannt, das man an zwei geschlossenen Fensterläden befestigt hatte. Ein langes Rechteck aus einem alten Laken offenbar, und darauf stand: „Alles Gute für 1954!", mit roter Farbe.

– Ich war zu einer Silvesterparty unterwegs, Herr Ingenieur. Mit meiner Freundin.

– Freundin?, fragte de Luca und Giannino zuckte mit den Achseln.

– Wegen meinem Vater. Es ist mir ohnehin egal, wenn ich sie verpasse. Gibt es hier auch eine Party?

De Luca zeigte auf das gelbe Licht, das durch die Lünetten über den Toren drang. Man hörte schon Musik hinter den verriegelten Fenstern. Eine Ziehharmonika und eine Gitarre, offenbar eine Probe.

– Auch in Bordellen feiert man Silvester, sagte De Luca. Giannino zog eine Schnute.

– Ich meinte für uns ... eine Party für uns.

– Di Naccio hat das Gerücht in die Welt gesetzt, dass wir etwas suchen, und Signora Clelia, die Chefin von Nummer 19, – er zeigte auf eine Tür, – die ihm einen Gefallen schuldet, hat ihn sofort angerufen. Der Deutsche war kurz davor da gewesen, als das Bordell noch geschlossen war, er hat ein Mädchen nach seinem Geschmack verlangt, und einen Hintereingang.

– Sie wollen wohl sagen, einen Eingang, Herr Ingenieur.

De Luca warf Giannino einen mitleidigen Blick zu, doch er stellte sofort fest, dass dieser nicht zum Scherz ein Wortspiel gemacht hatte, er meinte es vielmehr ernst.

– Einen Hintereingang, durch den er dann verschwinden kann. Aber wahrscheinlich auch, durch den er hineingehen kann, bald werden hier jede Menge Leute sein, und nicht nur Bordellbesucher, wir sind hier mitten im Zentrum. Teufelsfratze ist ein zurückhaltender Mensch, wenn man ihn sieht, fällt er auf und man behält ihn in Erinnerung.

– Gut. Und weiter? Was tun wir jetzt?

Nummer 19 besaß keinen Hinterausgang, kein einziges Bordell in der Via delle Oche hatte einen, doch Teufelsfratze war das egal. Er hatte ein Zimmer in der Nähe, es reichte ihm, wenn das Mädchen ihn dort besuchte. Signora Clelia hatte zuerst gezögert, Annetta mit diesem hässlichen Kerl allein zu lassen, doch dann hatte sie das Geld gesehen, die Vorauszahlung, das Zimmer war nur ein paar Straßen weiter, am Ende der Via Piella, wenn Annetta nicht rechtzeitig zurückkam, würde sie Alfio und Marchino hinschicken, der war immerhin Juniormeister im Weltergewicht.

– Worauf warten wir also noch? Gehen wir zu seiner Wohnung, oder nicht?

Signora Clelia wusste, in welcher Straße das Zimmer war, kannte aber nicht die Hausnummer. Teufelsfratze hatte gesagt, sie solle ihm das Mädchen um neun schicken, sie solle zur Brücke über den Kanal kommen, dort würde er auf sie warten und mit ihr nach Hause gehen.

– Wir warten darauf, dass Annetta aus dem Bordell kommt, und folgen ihr. Wir stöbern den Deutschen auf, schnappen ihn und nehmen ihn mit.

– Und wenn sie nicht kommt?

*Hoffen wir, dass sie kommt,* dachte De Luca, und er wollte es schon sagen, doch Giannino kam ihm zuvor.

– Das war ein Scherz, Herr Ingenieur. Sie kommt bestimmt. – Und er schlug mit der Hand auf die Manteltasche, in der sich die Pistole befand.

Annetta wirkte tatsächlich wie ein Kind in ihrem Mäntelchen aus Alpaka, einer Wollhaube auf den blonden Locken und einem Paar roter Schuhe. Signor Clelia hatte sie zurückgerufen, weil sie vergessen hatte, den Lippenstift abzuwischen, und als sie wieder herauskam, folgten De Luca und Giannino ihr auf der anderen Straßenseite, der eine ganz nah, der andere in einem etwas größeren Abstand.

Annetta ging die Via Piella hinunter, wie ein Kind hüpfte sie durch den frisch gefallenen Schnee, überquerte die Via Bertiera und blieb auf der Höhe der Brücke über den Moline-Kanal stehen

Teufelsfratze tauchte an der Ecke zur Via Righi auf, als ob er dort gewartet hätte, allerdings hatten De Luca und Giannino ihn nicht gesehen. Er trug einen grünen Filzhut, einen Tirolerhut, den er tief ins Gesicht gezogen hatte, und eine derart steife Lederjacke, dass sie wie eine Rüstung wirkte. Wahrscheinlich hatte Signora Clelia Annetta vorgewarnt, denn sie erschrak nicht, als sie sein Gesicht aus der Nähe sah. Sie ließ sich sogar an der Hand nehmen.

Die Wohnung befand sich nicht genau in der Via Piella, sondern schon in der Via Augusto Righi, nur ein Stück entfernt, gleich hinter der Ecke. De Luca und Giannino sahen ihnen von der anderen Straßenseite aus zu, im Schatten der Arkade versteckt.

– Warten wir, bis sie wieder herauskommt?, fragte Giannino.

– Nein, sagte De Luca. – Nur ein paar Minuten. Wir schnappen ihn, wenn er die Deckung fallen lässt.

– Nicht nur die Deckung, sagte Giannino. Und diesmal war es wirklich ein Scherz.

De Luca betrachtete die Mauer des Hauses, das Teufelsfratze und Annetta betreten hatten, dann ging in einem Zimmer im ersten Stock Licht an. Er wartete noch ein paar Minuten, hauchte auf seine geschlossenen Hände, dann machte er Giannino ein Zeichen und überquerte die Straße.

Das Tor war offen, das Treppenhaus war eng und schlecht beleuchtet, und auf dem Treppenabsatz befand sich nur eine Tür. De Luca legte das Ohr an die Tür und hörte Annetta heftig stöhnen, doch es war ein fernes und unterdrücktes Stöhnen und schien aus einem anderen Zimmer zu kommen. Er nickte Giannino zu, der zog einen Dietrich aus der Tasche und steckte ihn ins Schloss, drehte ihn vorsichtig in die eine und dann in die andere Richtung, mit nur einer Hand, denn in der anderen hielt er die Pistole, eine kleine Automatische mit Schalldämpfer. Auch De Luca zog die seine, er hatte sich erst jetzt an sie erinnert.

Dann splitterte die Tür direkt neben De Lucas Kopf, etwas langes Spitzes wie ein Nagel zerkratzte ihm die Stirn. Giannino fluchte, richtete sich augenblicklich auf, riss sich vom Türpaneel los und schoss zweimal durch die Tür, gleich oberhalb der Stelle, wo sie zersplittert war. Noch bevor De Luca etwas sagen konnte, stützte sich Giannino mit der bewaffneten Hand auf seine Schulter, hob ein Bein und verpasste dem Schloss einen Fußtritt.

Die Tür war alt und fiel krachend aus dem Türstock, dahinter war nur ein Zimmer mit einem Bett in der Mitte. Annetta kauerte nackt auf dem Boden, mit einem Knebel im Mund, der ihre Schreie dämpfte, und versuchte in Todesangst unter das Bett zu kriechen.

Teufelsfratze lief zum Fenster, mit einer Hand hielt er die Hose fest und in der anderen hielt er eine Pistole.

– Nein!, schrie De Luca, denn Giannino wollte ihm in den Rücken schießen, doch er musste sich ducken, als ein Schuss einen Splitter von der Wand hinter ihm löste.

Teufelsfratze sprang aus dem Fenster. Giannino war als Erster beim Fenster, beugte sich hinaus, schnellte jedoch gleich wieder zurück, denn Teufelsfratze hatte die Pistole gehoben. Er schoss jedoch nicht, sondern lief am Ufer des Kanals zwischen den Häuserfassaden entlang, er sprang über Abfall, Zweige und Schutt, die den Kanal verstopften.

De Luca folgte Giannino, der ebenfalls hinuntergesprungen war. Er landete auf einem Haufen verfaulter Holzbretter, mitten in einem Nest von Ratten, die kreischend davonstoben, und rutschte aus, landete mit dem Hintern im Wasser.

Aufgrund des Schmelzwassers und der winterlichen Jahreszeit war der Kanal eine graue Flut, er wälzte sich im Widerschein der Straßenlaternen dahin, die sich auf der Straße, vor den Häuserfassaden, befanden. Die Sicht war nicht sehr gut, ein Stück weiter vorne befand sich ein kaputtes Wasserrad, eine niedrige, krumme Holzbrücke über den Kanal verband die beiden Ufer. Teufelsfratze verschwand hinter den morschen Schaufeln des Wasserrads, doch als De Luca ihn fast eingeholt hatte, beugte er sich darüber und schoss.

De Luca warf sich nach vorn, mit dem Gesicht voran in den Schneematsch, unter die Schaufelräder. Er drehte sich suchend nach Giannino um, doch der war verschwunden. Er ließ zu, dass die Kugeln im Wasser neben ihm einschlugen, und als er hörte, dass der Schlagbolzen der Pistole des Deutschen ins Leere schnappte, stand er auf, streckte den bewaffneten Arm aus und schoss. Nur zwei Schüsse, die zwischen den Fassaden der Häuser krachten wie Gewitterdonner.

Dann packte Teufelsfratze ihn am Handgelenk und zog ihn über das Rad, zerrte ihn ans Ufer des Kanals und schmetterte ihn gegen die Holzbrücke, De Luca knallte mit dem Rücken gegen den Holzpfeiler, der Aufprall raubte ihm den Atem. Die Pistole fiel ihm aus der Hand und landete auf einem Kissen aus Schnee und Ästen.

Teufelsfratze gab De Luca eine Ohrfeige, dass seine Ohren dröhnten und sein Kopf zur Seite flog, dann packte er mit beiden Händen seinen Hals. De Luca riss den Mund auf und gab ein lautloses Knurren von sich. Der Deutsche zog ihn an sich, Stirn an Stirn, und drückte seinen Hals so fest, dass De Luca glaubte, seine Augen würden aus den Höhlen quellen. Absurderweise streckte er die Hand aus, der Deutsche drückte ihn nämlich an die Wand, hatte ihn hochgehoben, doch die Pistole auf dem Kissen aus Ästen war Kilometer entfernt.

Er sah, dass er grinste. Das asymmetrische Gesicht, das halb geschlossene Auge, das tiefer lag als das andere, der schiefe Mund und die Narbe auf der Wange, all das wogte in einem rötlichen, schmerzhaften Nebel, der ihn in die Tiefe zog. De Luca hob die Arme und versuchte ihn wegzustoßen, mit gekreuzten Handgelenken drückte er gegen seine Stirn, doch es war sinnlos.

Dann riss der Deutsche mit einem plötzlichen, völlig unnatürlichen Ruck den Kopf zur Seite. Er spie einen Schwall Blut auf De Lucas Schulter und fiel zu Boden, De Luca zu Füßen, der keuchend an der Wand zu Boden rutschte.

Auf der Brücke, auf den Holzbrettern, die gerade noch standhielten, stand breitbeinig Giannino, er feuerte noch einen Schuss auf den Kopf des Deutschen ab.

– Tut mir leid, Herr Ingenieur, sagte er, – ich habe eine Zeit lang gebraucht, um die Runde zu machen. Aber ich bin noch rechtzeitig gekommen, oder?

De Luca wusste nicht, ob er rechtzeitig gekommen war. Ihm war schwindlig und seine Gurgel brannte wie Feuer, und wenn Giannino nicht heruntergesprungen und ihm geholfen hätte, hätte er nicht einmal aufstehen können. Er zog sich hoch, stützte sich an der Mauer und auf Gianninos Arm. Dieser sagte, *Vergessen Sie nicht die Pistole, Herr Ingenieur*, und hob sie selbst auf, weil De Luca sich nicht bücken konnte.

– Gehen wir … Ihre Schüsse haben einen Mordslärm gemacht, das ist zwar ein Verbrecherviertel, aber bald wird halb Bologna da sein.

De Luca machte eine Geste, *eine Minute noch, eine Minute*, und betrachtete die Leiche des Deutschen, die den Kanal hinuntertrieb, von einer langsamen, aber beharrlichen Strömung gezogen.

*Der letzte Zeuge*, dachte er.

Auch Giannino betrachtete Teufelsfratze, die merkwürdige Gleichgültigkeit in seinem Blick ließ vermuten, dass er nicht zum ersten Mal wen umgebracht hatte.

– Haben Sie gesehen, Herr Ingenieur?, sagte er, und dann: Wir hatten auch eine Party, und sogar mit Böllern!

– Was machen wir jetzt, Herr Ingenieur?

– Was wir jetzt machen, Giannino? Du hast meinen letzten Zeugen umgebracht!

– Weil er meinen Ingenieur umbringen wollte. Was hätte ich sonst tun sollen? Ihm mit der Pistole einen Schlag auf den Kopf geben? Haben Sie gesehen, was für ein Riesenkerl das war? Außerdem war er ein Profikiller, Herr Ingenieur. Aber das habe ich nicht gemeint. Ich meinte, was machen wir jetzt? Wir werden doch nicht nach Hause ins Bett gehen.

– Und warum nicht? Glaubst du, dass man uns sucht? Außerdem ist es noch früh, der Deutsche wird wohl bei den Schleusen landen, vor morgen früh findet ihn keiner.

– Aber Sie haben geschossen.

De Luca sagte nichts. Er zuckte mit den Achseln und wie vorgesehen krachten in der Ferne zwei Böller, gefolgt von zwei weiteren in der Nähe.

– Bald wird es hier überall knallen. Meine Pistole hat die Silvesterknallerei bloß vorweggenommen.

– Ja, aber …

– Was aber, Giannino? Ich habe nicht vor zu fliehen, es ist schon schwierig genug, verdeckt zu ermitteln, geschweige denn auf der Flucht.

Giannino zuckte mit den Achseln. – Ich schlafe jedenfalls heute Nacht woanders, sagte er.

De Luca wischte sich die Hände an den Ärmeln ab. Die Ärmel des Mantels waren schmutzig vor Schlamm, einem stinkenden, zähen Schlamm, und seine Gurgel brannte, aber er wollte nicht nach Hause gehen.

Er musste das Adrenalin abbauen. Giannino schien das Problem nicht zu haben.

Er schlug vor, auf der Via dell'Indipendenza ins Zentrum zu gehen, mitten unter den Menschen, die auf die Piazza Maggiore strömten. Sie setzten sich auf die Stufen des Palazzo D'Accursio, unterhalb der Fotos der getöteten Partisanen, die man an der Mauer hinter der Ecke aufgehängt hatte, dann standen sie auf und lehnten sich an den Nettuno-Brunnen, aber nicht wegen der Fotos der Toten, sondern weil Giannino sagte, der Hintern fröre ihm ab.

Er hätte gern alles Mögliche getan, er wäre gern in die Pension gegangen und hätte Dokumente, Fotos und Skizzen herausgeholt, um von vorn zu beginnen, er wäre gerne in die Mansarde gegangen, um sich alles neu zu überlegen, sogar, um am Staub zu schnuppern.

Er wäre gern zu Claudia gegangen, doch sie war nicht zu Hause, er hatte am Nachmittag angerufen und niemand hatte abgehoben.

Er nahm den Kopf in die Hände und blieb lange so stehen, mit den Ellbogen am Rand des Brunnenbeckens, nicht einmal er wusste, wie lange.

Er hob den Kopf erst, als er aufgrund eines Böllers, der lauter und näher war als alle anderen, auffuhr.

Ein Feuerwerk erhellte den Himmel über der Piazza Maggiore.

– Ein gutes neues Jahr, Herr Ingenieur!, schrie Giannino. – Ein gutes neues Jahr!

## 1. Januar 1954, Freitag

Er musste ins Freie, Luft schnappen. Nachdem er am frühen Morgen zwei Stunden im Zimmer der Pension damit verbracht hatte, am Boden liegende Fotos, Dokumente und Notizen zu betrachten, hielt er es nicht mehr aus, wie in einem Käfig eingesperrt zu sein, obwohl der Kaffee auf dem Herd stand und er den brennenden Wunsch verspürte, zu begreifen.

Also zog er sich an, ließ den schmutzverkrusteten Mantel auf einem Stuhl hängen und schlüpfte in den Trenchcoat, einen Ärmel nach dem anderen, mit nach oben ausgestreckten Armen, als ob er etwas an der Decke packen wollte.

Er dachte nach und beim Hinausgehen dachte er noch immer nach, bog in die erste Arkade ein und ging, ging in die menschenleere Stadt mit den geschlossenen Läden hinein, die im Neujahrsschlaf lag, der Boden war von Korken, Kippen, Konfetti und niedergetrampeltem Schnee übersät. Er bog in die engen Gassen ein und blieb vor einem alten Mann stehen, der an einer Straßenecke auf einem Hocker saß. Schwarz gekleidet, mit einer runden Baskenmütze über einem Schal auf dem Kopf, der weiße Bart steckte im Mantelkragen, und einen zweiten Hut hatte er auf den Knien, mit einer Münze darin. Er sah eher wie ein Priester oder ein Mönch aus und nicht wie ein Bettler.

Hinter ihm war ein natürlich geschlossenes Nahrungsmittelgeschäft, die Schaufenster waren mit grobmaschigen Rollladen verdeckt, und dahinter sah man einen Haufen Tortellini, rund und gelb wie Goldringe, wie eine Kaskade fielen sie aus der Lade einer Kommode. Dahinter, unter einer silbernen Girlande, Schinken, Mortadella und Glasbehälter mit eingelegtem Gemüse. „Schöne Feiertage!" stand handgeschrieben auf der Rückseite eines Kartons.

Aufgrund des Kontrastes verlor er den Faden des Gedankens. Bis jetzt waren seine Gedanken um blutige Fußabdrücke gekreist, um verschwundene Kleider, Schuhe, die noch da waren, während der Rest verschwunden war, zerrissene Kuverts, Schreibmaschinentasten, die von einem Gespenst angeschlagen worden waren, und außerdem um Würgemale, Wasser in der Lunge, Chaos, eine offene Tür, zerbrochene Platten, um die nackte Stefania Cresca, die rothaarig und tot auf dem Badezimmerfußboden in der Mansarde lag.

Doch plötzlich war das alles verschwunden und De Luca spürte, dass sein Kopf so leer und prickelnd war wie die Luft an diesem Wintermorgen in Bologna.

Er steckte die Hand in die Tasche, betastete das Futter und fand eine Münze. Er wollte sie schon in den Hut werfen, doch dann steckte er sie wieder in die Tasche, holte das Portemonnaie aus der Hosentasche und zog den erstbesten Geldschein heraus. Er ließ ihn in den Hut fallen, der Mann hob den Blick, schaute ihn unter buschigen Augenbrauen kurz an und murmelte etwas, das wie ein Segen klang. Also doch ein Priester.

– Danke, sagte De Luca.

Er sog die Luft durch die Nase ein, als ob sie ihm das Gehirn durchlüften könnte wie ein frischer Wind, der durch ein offenes Fenster drang. Dann hörte er das Bimmeln einer Straßenbahn und hatte eine Idee.

Er hatte gut daran getan, die Münze zu behalten, die Fahrt kostete genau zwanzig Lire und der schläfrige Schaffner mit der Umhängetasche musste ihm nicht herausgeben.

Er setzte sich ganz hinten auf die letzte Holzbank, weit weg auch von dem einzigen Fahrgast, einem Mann mit einer tief ins Gesicht gezogenen Schirmmütze, auch er schlief. Er saß eine Zeit lang mit der Stirn am eiskalten Fenster und betrachtete zerstreut die Arkaden, die draußen vorbeizogen, er schwankte hin und her, je nachdem, ob die Straßenbahn auf den Gleisen beschleunigte oder bremste.

Dann begann er endlich nachzudenken.

Aufgrund der Gleise dachte er in der Kategorie von „Fährten".

Die erste Fährte war Mario Cresca.

Fall gelöst. Teufelsfratze hatte ihn auf Befehl von Commendatore D'Umberto und seines Stellvertreters, Doktor Elvani, umgebracht. Sie waren Angestellte des Dienstes, für den auch er arbeitete, aber diesen Gedanken überging er, denn in dieser Einsamkeit und in dieser Stille war er ihm unangenehm. Motiv: Spionage, mehr oder weniger. Offenbar keine Verbindung zum Tod von Stefania Cresca.

Die zweite Fährte war die des Lastwagenfahrers.

Fall gelöst. Wahrscheinlich hatte Teufelsfratze ihn umgebracht, weil er sich nach dem von ihm verursachten Tod eines Kindes schuldig fühlte und singen wollte.

Der Tod eines Kindes.

De Luca fuhr so heftig hoch, dass er sich den Nacken an der Holzleiste der Rückenlehne anschlug. Auch darüber hatte er noch nicht ausführlich genug nachgedacht, doch jetzt, in diesem weißen, konzentrierten Morgenlicht, erschien ihm das unerträglich. Er stand auf und machte ein paar Schritte zwischen den Sitzen, hielt sich an den Griffen über seinem Kopf fest, denn die Straßenbahn fuhr in eine Kurve. Ein Passagier war zugestiegen, ein Junge mit einem Gesicht voller Pickel, offenbar noch betrunken.

De Luca setzte sich wieder auf seinen Platz hinten, wieder ruhig. Er versuchte nicht an das Kind zu denken.

Also, Teufelsfratze, vorbeugender Mord, wahrscheinlich in Übereinstimmung mit den Auftraggebern des Dienstes, für den auch er arbeitete – *nicht jetzt, lass es!* –, und auch mit Elvani, wenn nicht gar mit D'Umberto. Der Fall war jedenfalls gelöst, kein Zusammenhang mit dem Mord an Stefania Cresca.

Der Straßenbahnschaffner bimmelte und der Kontrolleur rief: *Endstation! Alle aussteigen!*

De Luca schaute aus dem Fenster, sie standen auf dem Platz vor dem Bahnhof. Er stieg als Erster aus, dann hatte er eine Idee und dann noch eine, und er stieg die Stufen wieder hinauf und betrat die Fahrerkabine.

– Entschuldigung, sagte er zum Fahrer, – wie komme ich zum Steinbruch?

– Mit der Straßenbahn? So weit?

– Nein, davor … ich meinte nur die Gegend. Wo die Trattoria mit den Fröschen ist.

Einen Augenblick lang kam er sich lächerlich vor, aber ohne Grund, denn der Fahrer strahlte.

– Via del Traghetto, sagte er. – Aber jetzt ist sie geschlossen.

– Macht nichts, ich will nur in die Nähe.

– Mit einem Taxi sind Sie schneller.

– Nein, ich möchte mit der Straßenbahn fahren. Schon gut, vergessen Sie es.

– Der 31er fährt zur Brücke runter, dann steigen Sie um und nehmen die Straßenbahn in di Via Zanardi. Es ist eine lange Fahrt, und dann steigen Sie bei der Via del Traghetto aus.

– Danke.

– Wenn Sie Frösche essen, dann gebacken! Sie sind auch gegart gut, aber die gebackenen dort sind himmlisch.

– Danke.

Die Fahrt mit dem 31er war zu kurz, um nachzudenken, und außerdem hatte er Herzklopfen, er konnte sich nicht konzentrieren. Auch als er auf der Bank der Haltestelle am Ende der Brücke saß, konnte er nicht nachdenken, es war kalt, und ein Mann versuchte einen 500er in Gang zu setzten. Zuerst quiekte er, dann bellte er, dann hustete er, dann blieb er stehen.

Erst als die Straßenbahn mit einer riesigen Campari-Werbung darauf kam, wusste De Luca, dass er wieder nachdenken konnte. Auch diese Straßenbahn war leer, abgesehen von einem Mädchen mit einem Kopftuch und einem Strohkorb auf den Knien. Auch diesmal besaß er eine Zwanzig-Lire-Münze, denn im 31er hatte er sich einen Geldschein wechseln lassen, der Schaffner hatte ihn lange im Gegenlicht begutachtet, bevor er ihn in die Börse steckte.

Hier gab es keine Arkaden mehr, sondern nur kahle Bäume und vereinzelte Häuser, an der Peripherie ging die Stadt in offenes Land über, doch die städtischen Strukturen funktionierten trotzdem. De Luca ließ sich auf den Stuhl sinken, eingelullt von der Wärme und dem Schaukeln, und begann wieder nachzudenken.

Die Aldino-Fähre. Teufelsfratze hatte ihn umgebracht. Warum? Weil er beschlossen hatte, mit ihnen zu sprechen. Was hätte er ihnen erzählt? Von seinem Drogenhandel? Von den Russen?

De Luca kniff nachdenklich die Lippen zusammen. Er schaute geradeaus, ohne etwas zu sehen, er hatte nicht bemerkt, dass das Mädchen auch ihn anblickte, dabei hielt sie ängstlich den Korb fest, weil sie genau in seiner Blickrichtung saß. Sie stand auf und setzte sich näher zum Fahrer.

Auf jeden Fall hatte Teufelsfratze Aldino umgebracht. Und Aldino hatte den Drucker umgebracht. Aus Versehen, im Zuge eines heftigen Streits, den Giannino und er bei dieser Party provoziert hatten, um die Dinge in Bewegung zu bringen. Fall gelöst.

Beziehung zu Stefania Cresca? Der Drogenhandel.

Hatte Aldino Signora Cresca umgebracht? Hatte er sie mit seinen kleinen Händchen unter Wasser gedrückt?

Oder war es Giorgini gewesen?

Oder der Arzt, dessen Name auf dem Kuvert und auf dem Farbband der Schreibmaschine stand, Doktor Pirro?

Oder Teufelsfratze.

Und warum? Warum hatte man sie töten wollen, warum war sie nicht gleich in der Badewanne ertränkt worden, warum war sie gezwungen worden, sich mit ihren blutverschmierten Füßen an den Tisch zu setzen, warum waren ihr die Kleider weggenommen worden, warum, warum, warum?

Nach dem Tod von Teufelsfratze gab es keine Fährten mehr, denen man folgen konnte.

Das dachte De Luca genau im richtigen Augenblick, sie fuhren gerade an der Trattoria mit den Fröschen vorbei, und wenn er nach wie vor in Gedanken versunken gewesen wäre, wäre er wer weiß wohin gefahren.


Er stieg mit heftigem Herzklopfen aus, absurderweise war er von kaltem Schweiß bedeckt, der unter dem Mantel gefror.

Er lief durch den Hof und klopfte heftig an die Holztür, zu allem bereit, zu jeder Ausrede bereit, egal, wer ihm aufmachte.

Aber da war niemand.

Er sah einen Mann mit einer Kunststoffschürze, einen älteren Herrn mit einem mittlerweile schon recht dünnen, gezwirbelten Bart und einer Aureole aus weißem Haar. Er kam mit einem Besen heraus, um den letzten Schnee wegzukehren.

– Wissen Sie vielleicht …, setzte de Luca an und zeigte auf die Tür, doch der Mann schüttelte den Kopf.

– Alle unterwegs. Franca und Paride. Sie sind mit dem Orchester unterwegs.

– Wissen Sie vielleicht …

– Zwei, drei Tage … Sie sind in den Marken. Franca geht es nicht sehr gut, Paride hat gesagt, sie solle nicht viel singen, denn sie habe bald Probeaufnahmen. Sie will nämlich eine Platte aufnehmen.

De Luca lächelte. Es war ein aufrichtiges Lächeln, das Claudia gefallen hätte.

Der Mann kam näher und glättete sich dabei mit der flachen Hand den Bart.

– Kenne ich Sie?

– Das glaube ich nicht, sagte De Luca wie abwesend, er dachte noch immer an Claudia.

– Habe ich Sie nicht schon irgendwo gesehen?

Alarmglocke. De Luca machte einen Schritt zurück, als wolle er gehen.

– Vielleicht. Ich bin ein paarmal zum Essen hergekommen.

– Wirklich? Merkwürdig, ich vergesse nämlich nie ein Gesicht. Zumindest früher nicht, jetzt fast nicht. Haben Sie Frösche gegessen?

– Ja, sagte De Luca und machte noch einen Schritt in Richtung Tor.

– Und wie haben Sie sie gegessen?

– Gebacken. – Noch ein Schritt, er war schon fast draußen.

– Das nächste Mal essen Sie die gegarten. Die gebackenen sind auch gut, aber die gegarten sind himmlisch.

Als er in die Pension zurückkam, war es beinahe Abend. Als er schon fast bei der Treppe war, rief ihn der Mann an der Rezeption.

– Sie sollen sich bei Ihrem Freund melden. Er hat schon fünfmal angerufen, sagte er verärgert.

– Danke. Geben Sie mir einen Jeton?

– Ich habe keinen. – Verärgert.

– Dann benutze ich das da, sagte De Luca, entschlossen aufgrund der Müdigkeit, und der Mann wagte nichts zu erwidern.

Er ließ zu, dass De Luca den Apparat nahm, der auf seinem Tisch stand, ihn auf den Tresen stellte und Gianninos Nummer wählte.

– Herr Ingenieur, endlich! Ich suche Sie schon den ganzen Tag, ich habe mir Sorgen gemacht.

– Ich war unterwegs, ich musste nachdenken. Was ist los?

Auch ohne ihn zu sehen, wusste De Luca, dass Giannino aufgeregt war. Offenbar spielte er mit der Wählscheibe, denn hin und wieder verschwand seine Stimme ganz kurz.

– Ich habe zwei Nachrichten für Sie, Herr Ingenieur. Bei welcher fangen wir an, bei der wichtigeren oder der unwichtigeren?

De Luca seufzte. – Giannino, wie alt bist du?

– Bei der wichtigeren oder der unwichtigeren?

– Der unwichtigeren.

– Also gut: Ich habe beim Portier etwas für Sie hinterlegt.

De Luca schaute den Portier an und der begriff sofort. Er holte eine alte, zweimal gefaltete Zeitung unter dem Tresen hervor. De Luca schaute ihn verständnislos an.

– Ich erkläre es Ihnen gleich, sagte Giannino am Telefon. – Meine Mutter sagt immer, dass ich in der Küche nicht zu gebrauchen bin, und im Großen und Ganzen hat sie recht, doch eines kann ich: Ribollita, toskanische Brotsuppe, Herr Ingenieur, wissen Sie, was ich meine?

– Giannino …

– Das Geheimnis ist der Palmkohl, er muss nämlich frisch sein. Hier bekommt man keinen, aber die Portiersfrau in dem Haus, in dem ich wohne, besorgt mir immer welchen …

– Giannino, bitte …

– Auch heute Vormittag habe ich auf der Fußmatte einen schönen Kohlkopf gefunden, eingewickelt in Zeitungspapier …

– Giannino!

– Hat er Ihnen die Zeitung gegeben? Es ist der „Giornale dell'Emilia", er ist nämlich vom Juli und „Il Resto del Carlino" hat erst seit ein paar Monaten seinen alten Namen wieder, schauen Sie mal rein, Herr Ingenieur, bei den Lokalnachrichten von Bologna … Haben Sie's gefunden, Herr Ingenieur?

De Luca öffnete die gefaltete Zeitung, wobei er den Hörer in einer unangenehmen Position zwischen Wange und Schulter hielt, und er wollte Giannino schon um eine Erklärung bitten, doch dann sah er das Foto.

Es befand sich im Lokalteil von Bologna. Eine Gruppe von Reispflückerinnen marschierte über die Straße, nebeneinander und hintereinander, wie ein Militärpeloton, jedoch lächelnd. Zwei hielten ein Spruchband hoch, darauf stand: „Festa nazionale dell'unità". Sie trugen Strohhüte und Halstücher über den offenen Blusen, sie waren barfuß und der Fotograf hatte sie von unten aufgenommen, vielleicht hatte er sich auf den Boden gelegt, denn sie hatten sehr lange Beine, man sah sie bis zu den Stulpen der kurzen Hosen, und man sah sogar die Fußsohlen, die aufgrund der für Bologna typischen Porphyrpflastersteine schwarz waren.

Die Dritte in der Reihe war Claudia und aufgrund des offen stehenden Mundes und des glücklichen Blicks war deutlich, dass sie sang. Sie sah viel jünger aus, die Zeitung war zwar vom Juli, jedoch vom Juli vor ein paar Jahren.

– Das ist Ihre Freundin, nicht wahr?, sage Giannino. – Sie ist's, nicht wahr?

– Ja, sagte De Luca und während er es sagte, spürte er einen Stich ins Herz. Er lächelte einen Augenblick – wie ein Halbwüchsiger, dachte er –, hörte jedoch gleich wieder auf.

Irgendetwas stimmte nicht.

Er wusste nicht, was es war: ein Anflug von Unruhe, Wut, nein: Angst.

Alle drei gleichzeitig.

*Warum?*, fragte er sich, hatte jedoch keine Zeit, sich eine Antwort zu geben.

– Und jetzt das andere, das Wichtige, sagte Giannino. Er brannte vor Eifer, seine Stimme im Hörer explodierte beinahe. – Sagen Sie mir, dass ich gut bin, aber was sonst, bei einem Lehrer wie Ihnen?

– Giannino, ich bitte dich.

– Wir haben eine neue Spur, Herr Ingenieur. Ich habe den Arzt gefunden.

# 2. Januar 1954, Samstag

– Er hat Medizin studiert, aber keinen Abschluss gemacht, deshalb haben wir ihn nicht gefunden. Und er wohnt nicht in Bologna, sondern in San Giovanni in Persiceto, weiter oben im Norden.

Giannino war noch immer aufgeregt. Er wetzte auf dem Sitz der Aurelia hin und her und rieb die Hände am Lenkrad, als wolle er es polieren. Sie parkten in einer Ecke der Piazza Verdi und beobachteten ein Fenster im ersten Stockwerk eines Gebäudes, etwas oberhalb. Durch das geöffnete Fenster auf Gianninos Seite entwich die ganze Wärme, doch sie wollten das Wummern des Schlagzeugs hören, das durch das ebenfalls offene Fenster drang. Ein paar Studenten waren unterhalb des Fensters stehen geblieben und hörten zu, ein Mädchen schnippte im synkopierten Rhythmus der Besen und Becken die Finger.

– Erinnern Sie sich an den kleinen Schwarzen, der immer lachte, Herr Ingenieur? Zu Hause bei Aldino … Wir haben uns, nun ja, ein bisschen besser kennengelernt. – Giannino war rot geworden. – Als wir uns gestern getroffen haben, hat er ein paar Informationen über diesen Doktor Pirro, Aldinos Freund, herausgerückt. Oreste Pirro, stellen Sie sich vor!

Ein alter Mann trat aus dem Gebäude und jagte die Studenten weg, im Dialekt schrie er zu dem offenen Fenster hinauf: *Schluss mit der Negermusik!* Dann ging er wieder hinein. Kurz darauf verstummte das Schlagzeug.

– Unser Doktor Pirro hilft Mädchen, die, sagen wir mal, nicht aufgepasst haben.

– Abtreibungen, sagte De Luca. – Du hast die merkwürdige Angewohnheit, die Dinge nicht beim Namen zu nennen, Giannino.

– Tut mir leid, Herr Ingenieur. Ja, Abtreibungen. Ich weiß nicht, was das mit unserem Drogenhandel zu tun hat, aber …

– Wir werden ihn fragen.

– Genau.

– Ein Junge, der bei Aldinos Fest gewesen war, kam aus dem Gebäude. Er trug eine zu dünne Jacke und eine Wollmütze auf dem Krauskopf. Giannino öffnete die Autotür und fuchtelte mit den Armen, obwohl es nicht notwendig gewesen wäre.

– John, John, ich bin da!

Abgesehen von den üblichen geradebrechten Worten auf Italienisch mit starkem amerikanischem Akzent sprach John nur Englisch. De Luca verstand ihn so halbwegs, doch Giannino sprach Englisch wie ein Native Speaker.

Zu zweit aßen sie vier Portionen Lasagne. Und dann auch noch einen Teil von De Lucas Portion, der sich zwar von der Begeisterung anstecken hatte lassen, dann aber nicht mal die Hälfte gegessen hatte. Leonida, der Chef der Trattoria, ein sympathischer Typ, der eine Masche zum weißen Hemd trug, kam, klatschte in die Hände und fragte sie, ob sie eine Hauptspeise wünschten, und beide, John und Giannino, nickten heftig.

– Frag ihn, wie er ihn kennengelernt hat, sagte De Luca danach. Giannino übersetzte mit vollem Mund und John zuckte mit den Achseln, ebenfalls mit vollem Mund.

– Drugs, flüsterte er. – Joint – und machte eine Geste, als würde er rauchen.

– Rauschgift …

– Ja, das habe ich verstanden. Und wo wohnt dieser Arzt?

Giannino übersetzte und John zuckte wieder mit den Achseln.

– Er sagt, in Cervia. Er ordiniert abends in einem Kellerlokal. Ab acht Uhr. Er weiß, dass er sich heute Abend um ein Mädchen kümmern muss, um eine Bekannte. Aber er hat nichts damit zu tun, fügte er zwinkernd hinzu.

– Frag ihn, ob er hin und wieder in der Mansarde übernachtet hat. Was für eine Beziehung er mit dem Professor hatte und ob er Stefania Cresca kannte.

John schüttelte den Kopf, während Giannino übersetzte, dann antwortete er rasch. Er war sehr einsilbig und hatte zu essen aufgehört.

– Er hat nur ein einziges Mal dort geschlafen und kennt den Professor kaum. Die Signora hat er nie gesehen.

– Er wirkt verängstigt, sagte De Luca. – Frag ihn, wieso.

John hörte zu, dann antwortete er, den Blick auf den Teller gerichtet.

– *No. I'm not scared,* flüsterte er.

– Nein, er hat keine Angst. Wollen Sie meine Meinung hören, Herr Ingenieur? Er ist ein Jazzmusiker, nimmt Drogen und außerdem ist er schwarz, und er hat begriffen, dass wir so etwas Ähnliches wie Polizisten sind. Natürlich hat er Angst. – Er legte die Hand auf seine und drückte sie fest. *Don't worry, no problem,* flüsterte er.

De Luca wartete darauf, dass Leonida wiederkam, er wollte einen Kaffee bestellen.

Währenddessen dachte er nach.

Irgendetwas stimmte nicht, aber er begriff nicht, was.


Am Nachmittag begann es zu regnen. Wie Finger bohrten sich die Regentropfen in die Schneehaufen.

Giannino wäre am liebsten gleich zu der Adresse gefahren, die John ihnen angegeben hatte, doch De Luca hielt ihn zurück.

Sie hatten Zeit. Er wollte den Arzt mit dem Mädchen in seiner Ordination ertappen, um ihn besser unter Druck setzen zu können. Es reichte, wenn sie am späten Nachmittag losfuhren. Und außerdem wollte er etwas abholen. Er hatte etwas vor.

Er ließ sich in die Pension fahren und holte die Mappe, in der er alle Unterlagen des Falls gesammelt hatte. Er kramte das Farbband mit den Buchstaben auf dem roten Streifen hervor und auch die vom Kuvert abgerissene Ecke, die sie im Papierkorb gefunden hatten.

Doktor Pirro Oreste. Oreste Pirro. Dr. Pirro. Oreste.

Irgendetwas stimmte nicht und De Luca untersuchte lange das Kuvert und das Farbband, die auf dem Bett lagen. Dann nahm er die Zeitungsseite, die Giannino am Abend davor für ihn an der Rezeption hinterlegt hatte, und nahm sie ebenfalls in Augenschein.

Claudia, die junge Reispflückerin, die Ex-Partisanin, beim Unità-Fest.

Langsam kehrte das Gefühl der Unruhe, Wut und Angst zurück, schwächer als zuvor, aber es war wieder da.

Das Gefühl war anders als das, das er empfand, wenn er an Doktor Pirro dachte, die zwei Dinge passten nicht zusammen, sie nagten an ihm, verursachten ihm ein nahezu unkontrollierbares Unbehagen, doch es waren zwei verschiedene Dinge.

Er dachte, dass sich das Unbehagen bezüglich des Arztes in ein paar Stunden auflösen würde.

Das zweite hingegen, das mit Claudia zu tun hatte, war geheimnisvoller, weil es ihn direkt betraf.

Ihn, De Luca.

Und deshalb machte es ihm Angst.

Als sie losfuhren, wurde es schon Nacht, sie verließen die Innenstadt, ließen die Stadtmauern hinter sich und bogen auf die Straße nach Persiceto ein. Giannino hatte den Straßenverlauf auf der Karte mit rotem Stift eingezeichnet, weil er die Gegend nicht kannte. Außerdem war die Straße schlecht beleuchtet, und der Schneeregen, der auf der Windschutzscheibe von den Scheibenwischern verwischt wurde, machte alles noch schlimmer.

Aber Giannino bebte vor Begeisterung.

– Wenn sich dann zufällig herausstellt, dass das die richtige Spur war, sagen Sie mir dann, dass ich tüchtig bin, Herr Ingenieur? Wenn wir den Fall lösen, war es mein Verdienst, nicht wahr?

– Jaja … fahr langsam, wir haben Zeit.

Aber Giannino konnte es gar nicht erwarten.

– Nur ruhig, Herr Ingenieur. Heute bringe ich keinen um. Aber vielleicht passen Sie auf, dass Sie nicht gewürgt werden, dann muss ich niemanden erschießen!

De Luca seufzte, schüttelte den Kopf und musste absurderweise sogar lächeln. Ein Junge, ein großes Kind, Giannino, mit einer Pistole mit Schalldämpfer im Handschuhfach, manipuliert und ausgenutzt, aber schlau, mit den moralischen Skrupeln und der guten Laune eines Kindes. Jetzt zitterte er vor Begeisterung, weil er ein neues Spielzeug hatte. Infolge eines Bremsmanövers kippte De Luca nach vorn.

– Entschuldigen Sie, Herr Ingenieur … Dieser Idiot auf dem Motorrad da vorne macht mich wahnsinnig.

De Luca warf einen Blick hinaus, in die Dunkelheit aus Regen und Mond, und begann wieder nachzudenken.

– Du hast eine Saturno 500 unter dem Hintern, also gib gefälligst Gas! Tun Sie mir einen Gefallen, Herr Ingenieur, schnallen Sie sich bitte an, wenn Sie sich so an die Tür lehnen. Ich habe die Gurte extra dafür anbringen lassen.

De Luca dachte an drei Dinge gleichzeitig, während Giannino auf die Tasten des Autoradios drückte, das er am Tag davor einbauen hatte lassen, doch man hörte nicht viel. – *È stata colpa mia, soltanto colpa mia, d'amarti alla follia* ... In nicht einmal einem Monat findet das Festival von Sanremo statt, Herr Ingenieur, ich weiß, das ist Ihnen völlig egal, aber ich bin süchtig nach Schlagern. *Non mi lusingar, il romanzo finí* ... Verdammt, dieser Idiot da vorne!

Er dachte an drei Dinge gleichzeitig. An etwas Dummes, an etwas Wichtiges und an etwas, das er noch nicht ganz verstand.

– Nun, wir haben das Lenkrad rechts und die Sicht ist gleich null, noch dazu ist die Straße eng ... Aber pfeif drauf, wie man in Bologna sagt. Was machen wir, wenn wir dort sind, Herr Ingenieur? Guter Cop, böser Cop, wie im Film? Wen spielen Sie? Ich würde gern den bösen Cop geben ...

Er dachte an drei Dinge. Das Dumme: Wie war er bloß in diese absurde Situation geraten: Wachhund, Jagdhund, Trüffelhund. Mischlingshund. Das Wichtige: Warum hatte der Mörder Stefania gezwungen, sich an die Schreibmaschine zu setzen? Das, was er noch nicht ganz verstanden hatte: Claudia.

– Ach, endlich!

De Luca schaute durch die Windschutzscheibe, plötzlich presste es ihn in den Sitz, weil Giannino beim Überholen des Lastwagens Gas gegeben hatte. In der regennassen Dunkelheit sah er das Rücklicht des Motorrads verschwinden, er ahnte, dass da eine Kurve war, eine enge, zu enge Kurve, und dachte: *Nein!*

Er klammerte sich an die Klinke und stemmte absurderweise die Absätze auf den Boden der Aurelia, während Giannino fluchte, denn auch er hatte die Kurve gesehen, und auch die Brücke gleich dahinter, und dazwischen noch eine Kurve, zweigeteilt und unnatürlich wie ein gebrochener Ellbogen.

Der 1900er klebte mittlerweile am Heck des Lastwagens, drängte sie nach links und hinderte sie daran, sich wieder einzuordnen.

– Guter Gott!, schrie Giannino und stieg auf die Bremse, klammerte sich an das Lenkrad und zog es mit beiden Händen an sich, als ob das was nützte.

Einen Augenblick lang fuhr das Auto auf die Böschung zu, doch die Kurve war bereits flacher geworden.

– Mama, nein!, wimmerte Giannino, verzweifelt wie ein kleines Kind, während sie über die nasse Straße schlitterten, auf den weißen Streifen auf der Ziegelmauer der Brücke zu, genau auf den Eckpunkt der Kurve.

Sie fuhren seitlich auf die Brüstung auf, und die Schnauze der Aurelia wurde mit einem Schlag zusammengequetscht, sodass sie beide nach vorn geschleudert wurden.

De Luca war angeschnallt und hielt sich an der Klinke fest, deshalb schlug er nicht gleich mit dem Gesicht an die Windschutzscheibe, doch Giannino hatte sie bereits durchbrochen, er hatte das Lenkrad nicht mehr rechtzeitig packen können, und wurde wie ein Projektil aus dem Auto geschleudert, über die Schnauze, über die Brücke, und in den Fluss darunter.

Als er dort aufprallte, war er schon tot.

*Danach*

## (4.–10. Januar 1954)

„Oggi"
Wochenzeitschrift für Politik, Tagesgeschehen und Kultur, Jahrgang X,
Nr. 1, 60 Lire.
*Auf dem Cover:* ROMANTISCHE TRAUMHOCHZEIT FÜR ROBERT VON
HABSBURG UND MARGHERITA VON SAVOYEN-AOSTA (S. 22–27 Spezialfoto-
reportage).
*Im Blattinneren:* DIE WEIHNACHTSBRAUT, New York. Der Weihnachts-
mann hat Hedy Lamarr den fünften Ehemann gebracht • DIE TRÄUME HA-
BEN DIE LIEBESKRANKE SCHNEIDERIN BETROGEN, Nadia Minardi hat ihren
„Prinzen" erschossen, weil sie ihn nicht verlieren wollte • AVA UND FRANK
HABEN SICH VERSÖHNT UND MACHEN URLAUB IN ROM, Frank Sinatra und
Ava Gardner überraschend am Flughafen Ciampino gelandet.
*Werbung:* Lindern Sie die Erkältung Ihrer Kinder, indem Sie sie vor dem
Schlafengehen einreiben: VICKS VAPORUB, in den USA verwenden Millionen
Mütter dieses Salbe.

„La Settimana Incom Illustrata"
Jahrgang VII, Nr. 2, 60 Lire.
*Auf dem Cover:* MARCELLA MARIANI, eine sechzehnjährige Römerin,
wird Miss Italia (S. 12–15 Exklusivbericht über die Misswahl).
*Im Blattinneren:* HAUSFRAU IN ANGST, zwei Verbrecher, die aus dem Ge-
fängnis in Jackson entwichen sind, sind noch immer auf der Flucht. Ms Bet-
ty Wagner aus Detroit öffnet die Haustür nur noch mit einem Gewehr in der
Hand • In Mailand wurde eine Schule für ästhetische Dermatologie eröffnet,
AB ZWANZIG JAHREN ZAHLT MAN FÜR DIE SCHÖNHEIT • Porfirio Rubirosa,
DER CASANOVA DER MILLIARDÄRINNEN, der aus dem diplomatischen Dienst
entlassen wurde, ist nach der Hochzeit mit Barbara Hutton wieder Botschaf-

ter! • Alfred Shuster, ein kaum einen Meter großer, sechsundzwanzig Jahre alter Zwerg, hat vor Kurzem in Barcelona die vierundzwanzigjährige Elfriede Schischtweg geheiratet, die einen Meter siebzig groß ist. Hier ein Foto der Eheleute.

*Werbung:* Verwenden Sie CREMA VENUS BERTELLI und Ihre Haut wird so samten strahlen wie eine zarte, duftende Gardenie! CREMA VENUS, frische, weiche, samtige Haut.

„Annabella"

Mode- und Frauenzeitschrift, Jahrgang XXII, Nr. 2, 50 Lire.

*Auf dem Cover:* MODE FÜR KLEINE UND GROSSE.

*Im Blattinneren:* BRIEFE AN ANNABELLA, Ich bin klein und schlank und ich werde Anfang März (nicht in Weiß) heiraten (PALLINA FELICE); Lieber Adrian, wie soll ich mich verhalten, wenn ich eine Frau treffe, die vor ein paar Jahren ein Verhältnis mit meinem Mann hatte (obwohl sie wusste, dass er verheiratet ist?) (AMNERIS); Ich war erst zwölf und schaute schon aus wie fünfzehn … Adrian, ich bin siebzehn, und alles, was ich geschrieben habe, entspricht leider der Wahrheit (MIRELLA OGGI) • DER HUT DER WOCHE, flache Samthüte, die tief in die Stirn gezogen werden, sind großen Frauen vorbehalten und für kleine verboten, außer sie haben einen winzigen Kopf, einen langen Hals und eine gut proportionierte Figur • DESIDERIO SOLTANTO, der neue Roman von Giorgio Scerbanenco.

*Werbung:* Aufgrund seiner chemischen Zusammensetzung wird der Lippenstift LEBERT von den Stars des Farbfilms getragen. Probieren Sie ihn aus und stellen Sie fest, dass auch Ihr Gesicht zu strahlen beginnt.

## 5. Januar 1954, Dienstag

Er öffnete die Augen und hatte dabei das Gefühl, sie schon früher geöffnet zu haben, doch er war sich nicht sicher, denn alles, was er sah, schien so neu. Die Decke, die Lampe, der Vorhang, genauso weiß wie die Decke und die Lampe, und das Nachtkästchen aus Resopal, der Gips an seinem Handgelenk, auch die Laken, bis zu den Zehen, so viel Weiß, ihm war schwindlig.

De Luca hustete und dabei gab es ihm einen Stich in die Rippen.

– Kommissar ... Sie sind aufgewacht.

Pugliese saß neben dem Bett, auf einem ebenfalls weißen Lehnstuhl aus geflochtenen Plastikstreifen. De Luca brauchte eine Weile, bis er ihn scharf sah, doch er hatte ihn schon an der Stimme erkannt.

– Warum?, fragte er. – Habe ich geschlafen?

– Sie sind noch etwas durcheinander, Kommissar. Ich rufe die Schwester.

– Warte einen Auenblick. Ja, ich bin durcheinander. Wo bin ich?

– Ospedale Maggiore. In der Unfallabteilung.

– Wie lange schon?

– Drei Tage. Erinnern Sie sich, was passiert ist?

Ja, er erinnerte sich, er hatte es nicht vergessen. Das Bremsmanöver, der Aufprall, der Schlag. Etwas hatte er jedoch vergessen.

– Giannino! Im Auto war jemand bei mir, was ...

Pugliese schüttelte den Kopf. De Luca schwieg.

– Ich rufe die Schwester.

Die Schwester rief den Arzt, und der bewegte den Finger vor De Lucas Augen nach rechts und links, dann betastete er seinen Brustkorb, was ihm ein Stöhnen entlockte, legte ihm die Hand auf die Stirn, um zu sehen, ob er Fieber hatte, und dann ging er, nachdem er etwas gesagt hatte, was De Luca nicht verstand.

Er hatte ihm zu verstehen gegeben, dass er Glück gehabt hatte, dass er sich nur das Handgelenk gebrochen und ein paar Rippen angeknackst hatte, abgesehen von der Gehirnerschütterung, in Anbetracht des Unfalls war das wirklich wenig, und dann hatte De Luca den Faden verloren. Er verspürte Müdigkeit, eine unwiderstehliche Müdigkeit, wie Blei lag sie auf seinen Lidern. Er sagte *Ja* und dann *Jaja,* ohne zu wissen, worauf und zu wem, und einen Augenblick später schlief er schon wieder.

Als er aufwachte, war Pugliese noch immer da.

– Wie lange habe ich geschlafen?

– Nur ganz kurz, Kommissar, ein paar Minuten.

– Pugliese, man hat versucht, mich umzubringen.

Pugliese stand auf, wobei er das steife Bein hinter sich herzog, ging ohne Stock zur Tür und schloss sie, dann zog er den Stuhl näher ans Bett.

– Ich weiß. Mit derselben Methode, die sie auch bei Professor Cresca angewandt haben. Der Unfall hat sich auf der Persicetana-Brücke ereignet, das ist eine unangenehme Doppelkurve, dort bringen sich die Menschen auch ohne Hilfe um.

De Luca wurde langsam klarer im Kopf und begann zwei und zwei zusammenzuzählen. Er nickte, ohne den Kopf zu bewegen, denn der tat ihm weh.

– Die Persicetana-Straße fällt in die Zuständigkeit von uns Bolognesern, sie ist eine Bundesstraße. Mein Brigadier hat merkwürdige Typen gesehen, die sich am Unfallort herumgetrieben haben, einer ist ins Auto gekrochen, während man versuchte, euch herauszuziehen, und deshalb hat er mich gerufen.

Pugliese beugte sich vor und massierte sich die Lenden.

– Machen Sie sich keine Sorgen wegen der Dokumente, Kommissar, ich habe die Fotos und den ganzen Rest.

Man sah dem Maresciallo an, dass er eine schlaflose Nacht hinter sich hatte.

– Ich hatte Angst, dass sie kommen und die Sache zu Ende bringen, Kommissar, und ich hatte nicht so unrecht, denn ein paar miese Typen haben sich an der Tür herumgetrieben, doch dann haben sie mich gesehen und sind verschwunden.

Pugliese klopfte mit der Hand auf das Sakko, dort, wo die Pistole es ausbuchtete. – Ihre habe ich auch, Kommissar.

– Danke, flüsterte De Luca.

– Keine Ursache. Außerdem bin ich seit gestern in Pension, ich habe nichts zu tun. Stellen Sie sich vor, auch Di Naccio hat bei Ihnen gewacht.

– Danke, wiederholte De Luca. Er wollte noch etwas sagen, doch seine Stimme versagte. Pugliese verstand ihn trotzdem.

– Ja, ein Mädchen ist gekommen. Eine junge, dunkelhäutige Frau, sie hat Sie eine Zeit lang von der Tür aus angesehen, dann ist sie gegangen. Ich habe ihr gesagt, dass Sie nicht lebensgefährlich verletzt sind, sie hat aber trotzdem geweint.

De Luca nickte, diesmal wirklich, und eine plötzliche, unsichtbare, aber hartnäckige Woge zog ihn in einen Strudel aus Luft. Obwohl er die Augen schloss, verspürte er Brechreiz, also starrte er auf die Lampe, aber das machte es noch schlimmer, denn mittlerweile kreiste auch sie. Da presste er die Lider zusammen und der Wirbel wurde langsamer und verwandelte sich in einen Sog, der ihn in einen schweren, öligen Schlaf zog.

Er schlief wieder ein, mitten in einem Seufzer.

Als er zum dritten Mal aufwachte, war Pugliese nicht mehr da. An seiner Stelle saß ein Mann auf dem Plastikstuhl, den er noch nie zuvor gesehen hatte. Dünn, mit kahlen Schläfen und spärlichen, sehr kurzen Haaren, jedoch sehr breiten Koteletten, die aussahen wie die Backenstücke eines römischen Helms. Er beugte sich vor, stützte die Ellbogen auf die Knie und den Kopf auf die Hände, mit den Zeigefingern berührte er die Stirn und mit den Daumen das Kinn. Auch er hielt die Augen geschlossen, doch in dem Augenblick, in dem De Luca sie öffnete, schlug auch er sie auf, als ob er es gespürt hätte. Sie waren blau, hellblau, wässrig.

– Wo ist Pugliese?, fragte De Luca.

– Da draußen, sagte der Mann, – Sie können ihn sehen.

Tatsächlich war er da, er bewegte sich im Spalt der halb offenen Tür.

Offenbar sprach er mit einem anderen Mann, dessen Silhouette man hinter der Milchglasscheibe eines Türflügels sah.

Der Mann mit dem wässrigen Blick stand auf, kam näher, wie um De Luca die Hand zu drücken, tat es aber nicht.

– Elvani, sagte er. – Endlich lernen wir uns kennen, Herr Doktor.

– Ich bin kein Doktor, sage De Luca.

– Und wie sind Sie dann Kommissar geworden? Dafür hat man doch immer einen Universitätsabschluss gebraucht.

– Ich wurde von Mussolini in die Polizei aufgenommen. Aufgrund der 1928 erlassenen Gesetze konnte man auch ohne Universitätsabschluss Vizekommissar werden.

– Und Sie waren sicher so gut, dass man sie gleich genommen hat. Erste Anstellung?

– Einsatzpolizei.

– Genau. Ich habe mich ja gewundert, als D'Umberto Sie in *Unseren* Dienst aufgenommen hat. – Er sprach das Wort so aus, als wäre es tatsächlich ein Eigenname mit Großbuchstaben. – Für gewöhnlich nehmen wir keine Einsatzpolizisten, die Unsrigen kommen für gewöhnlich aus dem politischen Lager ... doch auf Sie trifft ja beides zu.

De Luca schloss die Augen. Als er wieder aufwachte, dauerte es eine Zeit lang, bis das Kopfweh zurückkam, doch diesmal war er schneller.

– Ich glaube nicht, dass Sie hier sind, um sich mit mir über meine Karriere zu unterhalten, Doktor Elvani.

– Nein, wirklich nicht, Doktor ... wie soll ich Sie nennen? Nicht Ingenieur, auch nicht ...

– Kommissar ... De Luca, ist Ihnen das recht?

Elvani schob den Stuhl zum Fenster gleich dahinter. De Luca hatte das Gefühl, dass die Rollladen heruntergelassen waren, doch das Halbdunkel im Zimmer rührte daher, dass sich der Nachmittag dem Ende zuneigte.

– Ich möchte Ihnen eine Frage stellen, sagte Elvani

– Ich antworte jedoch nur Commendatore D'Umberto. Er ist mein Chef.

– Nicht mehr. Commendatore ist nicht mehr. Um Himmels willen ... – Elvani hob die Hand. – Verstehen Sie mich nicht falsch. Ich meinte, er ist nicht mehr Ihr Chef. Er ist versetzt worden. – Und dabei imitierte er den südländischen Akzent des Commendatore, sein eigener Akzent hingegen war venetisch, er klang wie eine Litanei, mit kaum gerollten r. Er bewegte die Hand, als wolle er Luft wegwischen. – Der Fall Montesi wird aufgrund der politischen Partei, der der Commendatore angehört hat, eine hässliche Wendung nehmen. Er war nicht in der Lage, das zu verhindern, und solange wir keinen Ersatz für ihn gefunden haben, bin ich der Chef. Ich stelle Ihnen jetzt eine Frage.

– Davor stelle ich Ihnen eine. Haben Sie den Unfall verursacht?

– Den auf der Persicetana-Brücke? Ja. Und auch den Unfall Professor Crescas, aber das wissen Sie ja schon. Wir sind auch dafür verantwortlich, dass der Lastwagenfahrer und der Apotheker aus dem Verkehr gezogen wurden, aber das wissen Sie ja wahrscheinlich auch.

– Und Giannino.

Elvani runzelte die Stirn mit den weißblonden Augenbrauen, dann nickte er.

– Ach ja, der junge Assistent. Auch er.

– Und das Kind.

– Crescas Neffe? Seien Sie nicht ungerecht, De Luca, das war eine Panne.

– Eine Panne, ja. – De Luca bemühte sich, keine angewiderte Grimasse zu ziehen.

– Gibt es wirklich einen Doktor Pirro in San Giovanni in Persiceto?

– Keine Ahnung, ich glaube nicht. Wir wussten, dass Sie einen suchten, und haben einen erfunden, damit Sie über diese Straße fuhren. Mit einem Wort, ein Köder. Der kleine Freund Ihres Assistenten hat bereitwillig mitgespielt, er hatte aber auch keine andere Wahl.

– Warum habt ihr Aldino umgebracht?

Er runzelte wieder die Stirn.

– Den Apotheker? Weil er Beziehungen zu den Russen hatte, er hatte den Kontakt zum Professor hergestellt, den sie umsonst auf ihre Seite ziehen wollten. Dann hat er mit der Signora und dem Drucker einen Rauschgifthandel aufgezogen. Giorgini hat zuerst Pässe für die Russen gefälscht, dann ging er zu Rezepten über … – Elvani wischte wieder Luft weg, wie um Desinteresse zu signalisieren. – Sicher, wenn er mit euch gesprochen hätte, hätte er ein Chaos verursacht, das für alle sehr unangenehm gewesen wäre … Ich glaube, die Sowjets hatten auch nichts dagegen.

Elvani lächelte. Er sprach sehr leise, mit einer ausdruckslosen Stimme. De Luca verstand ihn sehr gut, aber er war sich sicher, vor der Tür hörte man kein Wort.

– Habt ihr auch Stefania Cresca umgebracht?

– Nein.

– Aber der Deutsche war doch in der Mansarde in der Via Riva di Reno.

– Klar. Die Russen hatten mithilfe des Apothekers Kontakt zum Professor aufgenommen und wir wollten wissen, ob auch sie was damit zu tun hatte. Wir behielten sie im Auge, und wahrscheinlich hat sie das bemerkt, denn sie hat sich in der Absteige ihres Mannes versteckt. Hase hat sie ein paar Tage lang überwacht, und als er hinaufging, um nachzusehen, ob sie zu Hause war, hat er festgestellt, dass die Tür offen war, und ist hineingegangen. Da war sie aber schon tot.

– Und er hat die Wohnung durchsucht.

– Ja, aber da war nichts Interessantes. Für uns zumindest nicht.

– Hat er jemanden gesehen, der das Gebäude betreten hat oder der herausgekommen ist?

– Er war gerade gekommen, deshalb ist er hinaufgegangen, um nachzusehen.

Elvani setzte sich auf den Klappstuhl. Er schlug die Beine übereinander und legte die offenen Hände aneinander, Fingerspitze an Fingerspitze.

– Jetzt sollte ich eine Frage stellen. Ich habe nur eine Frage, aber ich glaube, sie ist überflüssig. Ich wollte Sie fragen, ob Sie herausgefunden haben, wer die Signora umgebracht hat.

– Nein. Noch nicht.

– Sie müssen es auch nicht mehr herausfinden. Es interessiert niemanden, und niemand hat etwas davon. Ich befreie Sie von der Aufgabe. Und keine Sorge, ich habe verstanden, dass es ein Fehler war, Sie aus dem Verkehr zu ziehen. Es kommt nicht wieder vor.

De Luca hätte sich gern aufgesetzt. Im Liegen fühlte er sich unbehaglich, und es war auch schmerzhaft, er versuchte, mit der unversehrten Hand den Kopf aufzustützen, aber es war mühsam.

– Warum verwendet ihr nie die richtigen Worte? Aus dem Verkehr ziehen, was bedeutet das? Umbringen, töten! Ihr habt alle umgebracht, Giannino und die anderen!

– Haben wir, sagte Elvani. – Nun gut, wenn es Ihnen lieber ist: Wir haben alle umgebracht. Bis auf Signora Stefania.

De Luca legte die Hand unter den Nacken, weil sein Hals vor Anstrengung steif geworden war.

Er starrte auf die Lampe und versuchte Elvanis Gesicht im Spiegelbild zu sehen, aber das reichte nicht, also legte er den Kopf zur Seite, aber auch das tat weh.

– Teufelsfratze, sagte er.

– Wie bitte?

– Der Deutsche, Hase … Wir nannten ihn Teufelsfratze.

– Ach ja. – Elvani lächelte. – Ich dachte schon, Sie meinen mich. Fast wäre ich beleidigt gewesen. Schöner Spitzname.

– Warum Teufelsfratze? Ich dachte immer, Agenten oder besser gesagt Killer sollten unauffällig sein … er hingegen … und der aufgehängte Aldino, der mit den Füßen den Boden berührt, der Lastwagenfahrer, der in den Aufzugschacht stürzt, obwohl er im ersten

Stock wohnt … War er denn nicht gut darin, Menschen aus dem Verkehr zu ziehen? Warum die vielen Fehler?

– Um die Fehlerhaftigkeit zu zelebrieren.

– Wie bitte?

– Die Fehlerhaftigkeit. Ich erkläre es besser … – Elvani beugte sich vor, fast über De Lucas Bett, jetzt konnte er ihn gut sehen. – Ich frage einen Detektiv wie Sie … Gibt es Ihrer Meinung nach das perfekte Verbrechen?

– Nein.

– Ich bin anderer Meinung. – Elvani klopfte sich mit der Fingerspitze auf die Lippe, er wirkte eher wie ein Professor als all das, was er möglicherweise war. – Aber Sie haben darin recht, De Luca, wenn Sie sagen, es gäbe das perfekte Verbrechen nicht, richtiger ist zu sagen, das perfekte Verbrechen ist etwas, das es nicht mehr gibt. Plausibel, erklärbar, verständlich … ein perfektes Aus-dem-Verkehr-gezogen-Werden, bei dem alle Details stimmen, ist unsichtbar, inexistent. Aber hin und wieder… – Elvani beugte sich vor und streifte De Lucas Bett mit den Ellbogen, – hin und wieder braucht man etwas, um sich zu schützen, für den Fall, dass der, der dir den Befehl, einen mündlichen Befehl natürlich, gegeben hat, dich opfern will oder wenn du ihn erpressen musst, um einen Vorteil daraus zu ziehen. Einen Fehler, ein falsches Detail, einen Mangel.

Elvani lehnte sich im Stuhl zurück und nickte zufrieden.

– Die Fehlerhaftigkeit zelebrieren, genau.

Seine Augen waren derart hellblau und sein Blick derart wässrig, dass man fast betrunken wurde, wenn man sie ansah. De Luca machte das nur einen kurzen Augenblick lang, dann schloss er die seinen. Er wollte ihn nicht mehr sehen, nicht mehr hören, er wollte wieder schlafen, und zwar so tief, dass er alles vergaß. Er hob den unversehrten Arm und bedeckte sein Gesicht, vergrub die Augen in der Beuge des Ellbogens.

Elvani verstand die Geste falsch.

– Überrascht Sie das? Gefällt Ihnen das nicht? Finden Sie das widerlich? – Wenn er wütend wurde, wurde der venetische Dialekt stärker. Noch immer mit leiser und direkter, fast ausdrucksloser Stimme, aber etwas stärker gerollten r.

– Seien Sie nicht so zimperlich, De Luca, Sie stecken bis zum Hals mit drin. Sie haben immer dringesteckt. Und halten Sie mir keine Moralpredigt. Ich bin kein Schwein, ich habe mich nicht verkauft wie D'Umberto, ich diene niemandem, ich diene nur einer Idee.

Er war jetzt ganz nah, De Luca spürte seinen trockenen Atem an der Wange.

– Ja, De Luca, einer Idee. Dieses Italien und diese Welt gefallen uns nicht, es gefällt uns nicht, wie sie aus dem Krieg ausgestiegen sind, aber im Augenblick können wir nichts daran ändern. Wir können Italien und die Welt nur verwalten, mit all dem, was notwendig ist, damit sie so bleiben. Wir sind Ordnungshüter.

– Hunde, flüsterte De Luca in die Armbeuge hinein, Bastarde.

– Nein, sagte Elvani, – Wachhunde. – Und an seiner Stimme erkannte er, dass er sich zurückgelehnt hatte und nicht mehr wütend war. Er hob den Arm vom Gesicht und machte ein paarmal die Augen auf und zu, um sich an das Halbdunkel zu gewöhnen.

– Ich bin Polizist, sagte er, aber so leise, dass Elvani ihn nicht hörte. Er war aufgestanden.

– Auf Wiedersehen, De Luca, erholen Sie sich gut. Und glauben Sie mir, unser Dienst ist nicht mehr daran interessiert, Sie aus dem Verkehr zu ziehen.

Als Pugliese wieder ins Zimmer kam, saß De Luca aufrecht im Bett und hielt sich am Laken fest, um nicht hinunterzufallen.

– Maresciallo … helfen Sie mir bitte, mich anzuziehen.

– Soll das ein Scherz sein, Kommissar? Der Arzt hat gesagt, drei oder vier Tage …

– Wenn Ihnen ein Beamter des Dienstes, der mindestens vier Menschen auf dem Gewissen hat, sagt, Sie sollen sich keine Sorgen machen, was tun Sie dann? Vertrauen Sie ihm?

Pugliese runzelte die Stirn, dann stand er auf und öffnete den ebenfalls weißen Schrank.

– Sie haben recht. Ich helfe Ihnen beim Anziehen.

Claudia.

De Luca hatte das Krankenhaus nicht nur aus Angst um sein Leben so schnell verlassen. Claudia hatte nichts mit dieser Geschichte, mit diesen Verbrechen zu tun, sie kannte nur die verdächtigen Personen, aber die kannte auch er, er hatte mit ihr von einem Telefon aus gesprochen, das vielleicht abgehört wurde, und wer weiß, was im Hirn eines Mörders wie Elvani vor sich ging.

Und Maresciallo Pugliese war der beste Beweis, dass seine Angst nicht übertrieben war, denn bevor er zu ihm ins Krankenhaus gezogen war, um ihn zu bewachen, hatte er seine Frau nach Süditalien auf Urlaub geschickt.

Als er mit dem alten Topolino des Maresciallo in der Via del Traghetto ankam und sah, dass vor der Trattoria ein Lieferwagen 1100 stand, auf dessen Plane in schörkeliger Schrift „Orchestra Paride Canè" geschrieben stand, wurde ihm noch schwindliger. Am liebsten wäre er aus dem Auto gesprungen und hineingerannt, aber er musste warten, bis der Schwindel vergangen war, und langsam am Arm Puglieses hineingehen.

– Wir sind ein schönes Paar, Kommissar, sagte er und fuchtelte mit dem Stock.

In der Trattoria drängten sich die Menschen, die Luft war warm und rauchgeschwängert, De Luca brauchte eine Zeit lang, um sich daran zu gewöhnen.

Claudia war aber nicht da. Ihr Vater war da, er trug rote Hosenträger, einen Spitzbart, saß auf einem Schemel und sein Arm lag auf der geschlossenen Ziehharmonika. Auch die anderen Musiker waren da, aber ohne Instrumente, und auch der Alte mit dem gezwirbelten Bart war da, er starrte ihn an, sobald er hereingekommen war.

Claudia war jedoch nicht da.

De Luca zeigte mit dem Kinn auf Paride Canè, damit Pugliese ihn zu ihm führte. Der Lärm, die Stimmen, der Rauch der Zigarren und Zigaretten vernebelten ihm das Hirn und er bekam kaum Luft, doch er wollte rasch mit ihm sprechen.

– Ich glaube, ich habe Sie hier schon einmal gesehen, sagte der Alte, der ihm gefolgt war.

– Ich war vor ein paar Tagen hier, sagte De Luca ohne viel Hoffnung, und tatsächlich schüttelte der Alte den Kopf, wie um zu sagen, das habe er nicht gemeint.

– Ich kenne Sie auch, sagte Paride, – Sie sind ein Freund Francas. Was sind Sie noch mal? Ein Impresario?

– Auch, sagte De Luca.

– Was ist Ihnen zugestoßen?

– Ein Unfall. Mit dem Auto. Nichts Schlimmes.

– Setzen Sie sich, ich glaube, Sie sind noch nicht wirklich auf dem Damm.

Paride gab dem Alten ein Zeichen, und der packte einen Stuhl an der Lehne und zog ihn heran. De Luca setzte sich steif nieder, hielt den Atem an. Er legte das eingegipste Handgelenk auf eine Kante des Tisches, denn wenn er den Arm auf das Knie legte, spürte er das Blut in der Hand pulsieren.

– Wenn Sie wegen der Frösche gekommen sind, haben Sie Pech, sagte der Alte, – heute steht *bafione* auf der Speisekarte. Sie wissen, was das ist, oder? Katzenfisch, bei uns schmeckt er himmlisch.

– Eigentlich bin ich wegen Claudia da … ich meine, wegen Franca.

– Dann haben Sie auch Pech, sagte Paride, – sie will nicht, dass ich es sage. Aus Aberglauben. Aber Sie sind ja vom Fach. Sie ist nach Rom gefahren. Morgen hat sie Probeaufnahmen bei Ricordi.

*Gut,* dachte De Luca, und seine Erleichterung war so groß, dass er einen Augenblick auf Kopfweh und schmerzende Rippen vergaß, er wurde sogar klarer im Kopf, und in dem Augenblick, in dem er *gut* sagte, konnte er sogar an die Probeaufnahmen denken.

– Trinken Sie und Ihr Freund wenigstens ein Glas Wein mit uns, stoßen wir auf Franchina an, sie hat es zwar nicht notwendig, aber es wird ihr auch nicht schaden.

Pugliese dankte und setzte sich neben De Luca, während Paride die Ziehharmonika abnahm und auf seinem Hocker näher hüpfte.

– Das arme Kind hat ja schon viel mitgemacht … Für mich ist sie noch immer ein Kind, obwohl sie eine erwachsene Frau ist, aber Sie wissen ja, Väter sind nun mal so. In gewisser Hinsicht habe ich sie immer – wie soll ich sagen – ein wenig behindert, wie soll ich sagen … guter Gott, die Jazzmusiker, diese Muttersöhnchen haben mir nie gefallen, wenn es nach mir gegangen wäre, hätte ich sie immer in meiner Nähe behalten, denn dann hätte sie keiner angerührt, ich meine, niemand hätte ihr was tun können, nicht wahr, Herr …?

– Morandi, sagte De Luca. Unter normalen Umständen hätte er das Gespräch beendet und wäre gegangen, doch er hörte gern zu, wenn der Alte über Claudia sprach.

– Genau. Aber wenn ich es mir recht überlege, tut es mir leid, dass ich mein Mädchen so zurückgehalten habe … – er bekam nasse

Augen, – sie hat viel mitgemacht, seitdem ihre Mutter gestorben ist, damals war sie wirklich noch ein Kind, nicht wie jetzt, jetzt ist sie ein großes Mädchen. Ich meine, sie hat wirklich viel mitgemacht, in dieser Scheißwelt, und unsere Franchina hat es wirklich verdient, endlich einmal Erfolg zu haben. Nicht wahr, Baffo?

Er schlug mit der Faust auf den Tisch und schaute den Alten mit dem Schnurrbart an. Der brachte drei Gläser, mit den Fingern im Glas, und einen halben Liter Rotwein. Offenbar hatte er auf den Tisch geschlagen, um sich nicht von Rührung übermannen zu lassen, tatsächlich war seine Stimme etwas heiser.

– Was?, fragte der Alte und goss Wein in die Gläser.

– Hören Sie, sagte De Luca, – ich nehme an, Sie wird bald anrufen … Richten Sie ihr bitte aus, sie soll sich bei mir melden? Es ist wichtig.

Er wollte ihm schon die Nummer der Pension geben, doch Pugliese gebot ihm Einhalt und nannte seine eigene. – Noch besser wäre es, wenn Sie mir sagen könnten, wo ich sie erreiche.

Herr Paride legte ihm eine Hand auf das eingegipste Handgelenk, schüttelte es jedoch nicht, obwohl er das gerne gemacht hätte. Er lächelte schlau.

– Ich weiß, warum Sie es so eilig haben. Sie haben Angst, dass sie ihr in Rom gleich einen Vertag geben, und dann auf Wiedersehen. Aber schauen Sie, Franchina lässt sich gewiss nicht für zwei Lire kaufen, wie wir armen Teufel. – Er lachte, nahm das Glas und stieß damit fest gegen die anderen, die noch auf dem Tisch standen.

– Auf Franchina. Auf dass sie Doktor Pirro überzeugt!

Signor Paride leerte sein Glas mit einem Schluck. Pugliese hob seines. De Luca blieb erstarrt sitzen.

– Wen?, fragte er mit dünner Stimme.

– Wen?, wiederholte Signor Paride.

– Sie erwähnten gerade einen Doktor … Doktor Pirro. – De Lucas Mund war trocken, er konnte fast nicht sprechen. – Wer ist Doktor Pirro?

– Ein Angestellter der Plattenfirma, er macht mit ihr die Probeaufnahmen. Er entscheidet. Aber stoßen Sie nicht mit uns an? Geben Sie mir keinen Anlass, schlecht zu denken. Signor Morandi, Sie werden doch kein Unglück bringen!

– Nein, sagte De Luca und wiederholte, *nein, nein,* denn er wusste nicht, was er sonst hätte sagen sollen.

Er stieß mit Signor Paride an und trank sein Glas schnell aus. Pugliese sah ihn verständnislos an.

– Trinken Sie noch ein Glas und essen Sie einen schönen Katzenfisch vom Grill, sagte Paride und stand auf, um seine Ziehharmonika zu holen.

In diesem Augenblick legte ihm der Alte mit dem gezwirbelten Schnurrbart eine Hand auf die Schulter. Und zwar schwer, De Luca spürte sie durch den Stoff des Mantels hindurch.

– Jetzt weiß ich endlich, wer du bist, knurrte er. – Du bist ein Polizist. Du bist ein Kommissar, vor ein paar Jahren war dein Foto in der Zeitung. Du heißt De Luca.

– Gehen wir, flüsterte ihm Pugliese ins Ohr.

– Gehen wir, sagte er lauter, packte ihn unter der Achsel und zog ihn hoch. – Kommissar, verschwinden wir!

De Luca war so durcheinander, so verwirrt, dass er nicht einmal bemerkte, dass seine Rippen wie Feuer brannten und sein Kopf fast explodierte. Er folgte ihm.


In dieser Nacht in der Wohnung Puglieses machte er kein Auge zu. Und nicht nur, weil der Maresciallo Türen und Fenster verriegelt hatte und seine Pistole auf dem Nachtkästchen lag.

De Luca verbrachte die Nacht auf dem Boden des Speisezimmers sitzend, er lehnte mit dem Rücken an einem Bein des Sofas, die Fotos und Unterlagen seines Falls lagen um ihn herum wie Blütenblätter. Autopsie, Verhörprotokoll, Fotos der Leiche, Blutspuren und Abdrücke nackter Füße.

Die abgerissene Ecke des Kuverts, mit den Buchstaben DOTT. Das Farbband der Schreibmaschine, DOTT. PIRRO ORES.

Er war glücklich, dass Pugliese sein Dossier gerettet hatte, allerdings war „glücklich" angesichts seines Zustands nicht gerade der richtige Ausdruck.

Wieder verspürte er stark das Gemisch aus Unruhe, Angst und Wut, aber diesmal wusste er ganz genau, woher es kam. Und auch ein Gefühl von professioneller Scham war beigemischt, weil er nicht früher draufgekommen war.

Er musste etwas tun.

Er musste sich eine Bestätigung verschaffen.

Mehr als ein Indiz, einen Beweis: ja oder nein.

Er wollte auf die Uhr schauen, doch die war beim Unfall zu Bruch gegangen, außerdem war sein linkes Handgelenk eingegipst. Die Fensterläden des Speisezimmers waren geschlossen, trotzdem sah man zwischen den Ritzen, dass es draußen finster war. Finster wie in der Nacht, nicht wie im Morgengrauen.

De Luca seufzte, lehnte den Kopf vorsichtig nach hinten, legte ihn auf das Sofakissen und schloss die Augen.

Er war todmüde, völlig erschöpft.

Aber er konnte nicht schlafen.

# 6. Januar 1954, Mittwoch

Als der Junge mit dem Schlüssel kam, um das Schloss des Rollladens zu öffnen, waren De Luca und Pugliese schon da, lehnten an der Mauer neben dem Laden. Schlaftrunken, schweigend, ungeduldig: Sie waren so eindeutig Polizisten, dass der Junge fragte, ob etwas passiert sei.

De Luca erklärte ihm, was er von ihm wollte, und der Junge antwortete, dafür müssten sie auf den Ladenbesitzer warten, für gewisse Dinge reichten seine Fähigkeiten nicht aus. Aber fürs Erste konnten sie hereinkommen.

Der Ladenbesitzer kam eine halbe Stunde später. Mit gerunzelter Stirn hörte er sich ihre Bitte an, und wenn De Luca nicht Giannino erwähnt hätte, hätte er sich gewiss geweigert. Der junge, sympathische Mann war ein guter Kunde gewesen, er hatte ihm ein Paar Schuhe und auch Stiefel nach Maß angefertigt. Nun ja, es war ein etwas merkwürdiges Ansinnen, aber gut.

Sie folgten ihm in die Werkstätte und blieben die ganze Zeit bei ihm. De Luca beobachtete ihn wie ein Adler, während er Lineal und Schublehre nahm, dann fing er den überraschten und kritischen Blick Puglieses auf und dachte, nein, er verhielt sich nicht professionell, nicht mehr.

Da zog er sich zurück und lehnte sich an die Wand, verschränkte die Arme auf der Brust, soweit das möglich war, und steckte das Kinn in den Kragen des Trenchcoats, aufmerksam, so distanziert wie möglich, wie er immer gewesen war, früher, als er noch Polizist gewesen war.

– Verdammt, Pugliese … Ich bin wirklich ein Idiot.

De Luca stand vor dem Laden für Maßschuhe, Roveri, zerknüllte den Zettel, den der Ladenbesitzer ihm gegeben hatte, und warf ihn auf den Boden. Er sah, wie er über die Porphyrsteine kullerte, biss vor Wut die Zähne zusammen, und dann wollte er ihn wieder aufheben, doch Pugliese kam ihm zuvor und hob ihn selbst auf, indem er sich steif bückte.

– Sagen Sie das nicht, Kommissar.

Pugliese strich den zerknüllten Zettel glatt und faltete ihn zweimal. Mit dickem Bleistiftstrich, mit dem für gewöhnlich die Sohlen nachgezeichnet wurden, standen die Maße darauf, die der Schuster aufgrund des Fotos des blutigen Fußabdrucks unter dem Tisch mit der Schreibmaschine erhoben hatte; der Abdruck war ja so vollständig und deutlich, dass man danach fast ein Paar Maßschuhe hätte anfertigen können.

Größe sechsunddreißig.

Stefania Cresca trug Größe neununddreißig.

– Nein, Maresciallo, ich bin ein Idiot. Und er wiederholte mehrmals tonlos *Idiot, Idiot, Idiot.*

Er hätte früher auf die Idee kommen müssen, viel früher.

Bevor der Name Doktor Pirros von Ricordi eine Verbindung zwischen Claudia und dem Tatort herstellte.

Bevor das Foto in der Zeitung diese Gefühle in ihm hervorgerufen hatte, die nicht ihn, ihn und Claudia, betrafen, sondern die schmutzigen Fußsohlen der Reispflückerinnen.

Er hätte früher, viel früher daran denken müssen, dass an diesem Tag in der Mansarde noch eine andere Frau mit nackten Füßen war.

Als Claudia am Bahnhof ankam, war es bereits spät. Sie war müde und fröstelte. Sie stieg aus dem Zug und schleppte den schweren Koffer hinter sich her, mit den Geschenken der Cousins aus Rom, sie schleppte ihn über die Treppe der Fußgängerunterführung hinunter und wieder hinauf.

De Luca wartete in der Bahnhofshalle, und als sie einander erblickten, machten sie beide dasselbe: Zuerst lächelten sie, weil sei einander erkannten, dann verdüsterte sich ihr Blick, jedoch aus unterschiedlichen Gründen.

– Was willst du?, fragte sie und umklammerte den Griff ihres Koffers, damit De Luca ihn ihr nicht abnahm. – Danke, ich habe Taxigeld, ich fahre allein nach Hause.

De Luca hatte gar nicht die Absicht, ihr den Koffer abzunehmen, er rührte sich nicht von der Stelle.

– Wir müssen uns unterhalten, sagte er.

– Und worüber? Wie gut dir das schwarze Hemd gepasst hat? Pech für dich, Baffo sammelt die „l'Unità", seit damals, als sie noch verboten war, sonst wärst du vielleicht davongekommen.

– Wir müssen uns unterhalten, sagte De Luca noch mal.

– Mit Faschisten und Mördern spreche ich nicht.

Claudia machte einen Schritt nach vorn, doch De Luca versperrte ihr entschieden den Weg.

– Gut, sagte er, – ich bin ein Mörder. Und du?

Claudia hob den Blick und schaute ihn an. Er brauchte nichts hinzuzufügen, sie begriff augenblicklich, dass er alles wusste.

An diesem Abend hatte sie einen Auftritt mit der Alma Mater gehabt.

Aldino hatte sie schon eine Zeit lang nicht angerufen, und sie wartete schon sehnsüchtig darauf, denn wenn sie Blues oder Jazzschlager sang, hatte sie immer das Gefühl, Mario sei bei ihr und hörte ihr zu. Er ging ihr ab.

Am Nachmittag hatte sie sich mit Paride gestritten. Aus den üblichen Gründen, warum vergeudest du deine Zeit mit diesen lasterhaften Typen, sie rufen dich ohnehin nur an, wenn es ihnen in den Kram passt, weil du schwarz bist und man mit einer Mulattin Eindruck schinden kann.

Mulattin, hatte Paride gesagt, nicht Negerin oder Schwarzes Gesichtchen, doch sie ärgerte sich trotzdem darüber.

Und während sie sich im Schneesturm auf den Weg machte, der Wind und der Regen ihr durch und durch gingen und ihre Füße im Schneematsch versanken, überlegte sie, wer sie eigentlich war: immer auf halbem Weg zwischen Orchestra Paride Canè und der Alma Mater Dixie Jazz Band, weder Fisch noch Fleisch, und vor allem nie sie selbst.

Und da erinnerte sie sich daran, dass sie Mario um eine Empfehlung für Probeaufnahmen gebeten hatte. Sie hatte auch früher schon daran gedacht, doch sie hatte den Gedanken immer verdrängt, weil er ihr unangenehm war, sie genierte sich dafür, dass sie an Mario dachte, weil sie ihn brauchte.

Doch nun war sie genau in der Gegend, genau jetzt hatte sie diesen Gedanken, Paride und Aldino, Mulattin und Negerin, Gesellschaftstanz und Jazz, *Bella ciao* und *Stormy Weather*, schon gut, nie das, was sie wirklich war, nie das, was sie wollte.

Am Tag vor seinem Tod hatte Mario zu ihr gesagt, er hätte eine Empfehlung für sie geschrieben, Doktor Pirro von Ricordi war ein Freund aus seiner Kindheit, als Kinder hatten sie gemeinsam Fußball gespielt, dann hatten sie auch eine Zeit lang gemeinsam studiert, doch der andere hatte Physik bald aufgegeben und sich Jus zugewandt. Mario hatte gesagt, wenn er nur halb so viel

Begeisterung in das Empfehlungsschreiben legte, wie er empfand, wenn er sie singen hörte, würde sie sicher zu Probeaufnahmen eingeladen werden. Und er hatte auch gesagt, wenn sie beim Vorsingen nur halb so gut wie gewöhnlich war, würde man ihr einen Vertrag geben.

Halb so gut, das kam gar nicht in Frage. Claudia wollte alles geben. Aber sie brauchte das Empfehlungsschreiben. Mario hatte vergessen, es abzuschicken, es lag noch immer in der Mansarde, das hatte er ihr versichert, sie würde einen Sprung dorthin machen und es in aller Ruhe abschicken.

Also war sie in die Via Riva di Reno eingebogen, hatte die kleine Brücke überquert, hatte das Wohnhaus betreten und war die Treppe hinaufgestiegen. Den Schlüssel hatte sie noch immer, sie trug ihn in der Manteltasche wie einen Glücksbringer, außerdem hatte ihn niemand zurückhaben wollen.

Als sie die Wohnung betrat, war sie so aufgeregt, dass ihr nichts Besonderes auffiel, weder, dass der Ofen warm war, noch, dass die Platten zerbrochen waren, neben dem Schrank standen Frauenschuhe, aber nicht einmal die fielen ihr auf. Sie hatte einen Knödel im Hals. Nicht, weil sie weinen musste, sondern einfach vor Sehnsucht und Zärtlichkeit.

Ihre Füße waren nass. Eiskalt. Sie zog Schuhe und Strümpfe aus, setzte sich aufs Bett und zog die Füße an. Dann zog sie auch den klatschnassen Mantel aus und legte sich mit ausgebreiteten Armen aufs Bett und dachte an Mario.

Als sie hörte, dass sich in der vollen Badewanne jemand bewegte, war es schon zu spät. Sie hatte sich gerade noch aufrichten können, dann stand schon Stefania im Bademantel ihres Mannes vor ihr.

Sie hatte keine Ahnung gehabt, dass sie hier war.

Sie erinnerte sich sehr gut, Augenblick für Augenblick, was danach passiert war. Allerdings hatte sie die Erinnerung in den Tagen danach immer verdrängt, so tief wie möglich in sich versteckt. Stefania brüllte, beschimpfte sie, nannte sie Negerin und Negerweib, doch das allein war es nicht.

Sie lachte ihr hysterisch ins Gesicht, sagte zu ihr, Mario hätte sie nur gevögelt, sie hätte den lächerlichen Brief an Pirro gesehen, auch sie kannte ihn, sie hatte den Brief zerrissen, er lag bei den Teilen der dummen Jazzplatten, die sie so hasste. Aber das allein war es auch nicht.

Irgendwann spuckte Stefania ihr ins Gesicht. War es deshalb gewesen? Sie wusste es nicht.

Aber Claudia hatte den Hörer des Telefons genommen, das auf dem Tisch stand, und hatte damit auf Stefanias Kopf geschlagen, aber nicht nur einmal. Sie hatte immer weitergeschlagen, obwohl das Blut spritzte, und Stefania hatte sich an sie geklammert, um nicht hinzufallen, sie war so überrascht und überrumpelt gewesen, dass sie sich nicht einmal die Hände schützend vors Gesicht hielt.

Sie hatte aufgehört, sie zu schlagen, und ihr die Telefonschnur um den Hals gelegt. Sie hatte mit aller Kraft zugezogen, sie wollte sie erwürgen, doch es gelang ihr nicht, denn Stefania war kräftig, sie riss sie an den Haaren und tat ihr weh.

Plötzlich war Claudia zur Vernunft gekommen, sie hatte keuchend innegehalten, mit weit aufgerissenen Augen, und Stefania hatte sich von der Schnur befreit.

Sie hustete und spuckte Blut.

Dann war sie ins Bad gelaufen, entweder zufällig oder weil sie vor der Tür der Mansarde stand, und Claudia hatte den Arm ausgestreckt, um sie aufzuhalten, und hatte ihr den Bademantel vom Leib gerissen. Sie war ihr nachgelaufen, hatte sich gegen die

Tür geworfen, damit sie sie nicht schloss, und Stefania hatte sich zur Badewanne geflüchtet.

Dann hatte sie sie gestoßen und sie war auf dem nassen Boden ausgerutscht, hatte den Duschvorhang heruntergerissen, an dem sie sich festhalten hatte wollen, und war auf den Rand der Badewanne gestürzt, sie hatte ihr die Hände auf den Kopf gelegt, um sie nach unten zu drücken, und dann hatte sie sie von hinten gewürgt, mit einem Knie quer auf ihrem Rücken, Stefania strampelte und ihre Füße rutschten auf dem nassen Boden weg, doch ihr Fuß war fest am Boden verankert wie ein Nagel.

Sie erinnerte sich allerdings nicht daran, wie lange sie dann unbeweglich an der Badezimmertür gestanden hatte, um zu sich zu kommen. Jedenfalls nicht so lange, wie man erwarten hätte können.

Der Brief war ihr wieder eingefallen, wegen dem sie eigentlich gekommen war. In vier Teile zerrissen, mitten unter den kaputten Schallplatten, in einem Kuvert mit der handgeschriebenen Aufschrift „Dott. Pirro Oreste, c/o Edizioni Musicali Ricordi, Rom". Sie hatte ihn gelesen und sogar in dieser absurden Situation, völlig durcheinander, hatte sie eine Begeisterung verspürt, die sie rührte.

Dann hatte sie den Stuhl herangezogen, den sie bei dem Handgemenge umgestoßen hatten, und hatte sich an den Schreibtisch gesetzt. Sie hatte die Lade geöffnet und ein anderes Kuvert und Briefpapier herausgeholt, auf dem sich die Adresse des Absenders befand. Sie hatte das Kuvert mehr recht als schlecht in die Schreibmaschine eingespannt, denn sie war nicht darin geübt und ihre Finger zitterten, weil sie Stefania so fest gewürgt hatte, mit der Hand hätte sie nicht schreiben können. Sie hatte die Adresse getippt, dann hatte sie festgesellt, dass die Buchstaben auf dem roten Farbband anschlugen, und aus irgendeinem Grund erschien ihr das als nicht richtig. Sie konnte nicht sehr klar denken.

Dann hatte sie das Kuvert zerrissen und in den Papierkorb geworfen.

Sie hatte von vorn begonnen. Adresse auf das Kuvert und Text auf das mit Adresse versehene Briefpapier, sie schlug kräftig mit den Zeigefingern an.

Als sie fertig war, hatte sie alle Papiere an sich genommen, ihr Kuvert und Marios Briefpapier, und als sie den Mantel anzog, stellte sie fest, dass er und das Kleid Blutflecken hatten. Das Blut auf den Händen und im Gesicht konnte sie abwaschen, doch die Blutflecken auf dem Stoff waren so deutlich, dass man sie kaum verbergen konnte. Sie konnte nicht sehr klar denken.

Sie hatte keine Zeit, um noch einmal nach Hause bis zur Schottergrube zu fahren, um sich umzuziehen, die Band wartete auf sie. Also zog sie Stefanias Kleider an. Ihr Gewand wickelte sie in Zeitungspapier ein.

Dann hatte sie Schuhe und Strümpfe angezogen und war gegangen.

Sie hatte absolut nicht bemerkt, dass sie beim Schreiben einen Fußbadruck unter dem Tisch zurückgelassen hatte, den Abdruck ihres nassen, blutigen Fußes.


– Wie kann man sich nur hinsetzen und mit der Maschine einen Brief schreiben, fragte De Luca – nachdem … man jemanden umgebracht hat!

Er saß auf dem Beifahrersitz in Pug1ieses Auto, drückte sich zwischen Lehne und Tür, eigentlich hätten seine Rippen in dieser Haltung brennen müssen wie Feuer, doch er bemerkte es nicht. Er und der Maresciallo sahen Claudia an, die hinten saß. Sie hatte die Schuhe ausgezogen und die Beine angezogen, und obwohl sie ausführlich und detailliert erzählt hatte, hatte sie leise und mit unsicherer Stimme gesprochen, ihre Lippen zitterten und sie schien drauf und dran zu weinen. Wie ein Kind.

– Weil ich keine Schreibmaschine habe, sagte sie. – Marios Unterschrift hätte ich fälschen können, aber seine Schrift nicht. In diesem Augenblick dachte ich, dass ich genau so eine Maschine brauchte, jedoch nicht wusste, wo ich eine hernehmen sollte. Ich konnte nicht sehr klar denken.

Sie streckte den Arm aus und hielt ihnen mit einer derart kindlichen Bewegung die Handgelenke hin, dass sie – sich unter dem Verdeck duckend und mit geschwollenen Augen und Lippen – wirklich wie ein kleines Kind wirkte.

– Ich bin in Pension, sagte Pugliese und zuckte mit den Schultern.

– Ich habe gar keine Handschellen dabei, sagte De Luca.

– Wenn wir dich auf die Polizei brächten und verhaften ließen, würde man dich wahrscheinlich innerhalb von ein paar Tagen an den Gitterstäben der Zelle erhängt auffinden, und wir beide – er zeigte auf sich und Pugliese – würden am Tag darauf am Grund eines Kanals liegen oder gegen eine Platane krachen.

De Luca drückte ihr die Hände, die sie vor den Beinen verschränkt hatte, diesen Teil ihres Körpers konnte er berühren, ohne sich allzu sehr zu verrenken. Sie hatte ihm nämlich einen ängstlichen Blick zugeworfen. Doch gleich darauf ließ er sie wieder los.

– Und außerdem, flüsterte er, – hat es bei dieser Geschichte so viele absurde Morde gegeben, dass einer mehr oder weniger …

Er schluckte, hielt inne und drehte sich zu Pugliese um. Er sah ihn einen Augenblick lang an, wie um nachzudenken, und dann schüttelte er mit einem derart bitteren Lächeln den Kopf, dass ihm die Tränen in die Augen schossen.

– Guter Gott, Maresciallo … ich hätte nie gedacht, dass ich so etwas einmal sagen würde!

Während der ganzen Fahrt vom Bahnhofsplatz in die Via del Traghetto hatte Claudia nicht geweint, nicht geschluchzt, nicht einmal den Rotz hochgezogen.

Sie hatte mit versteinertem Gesicht schweigend dagesessen, und nach einem ersten Blick hatte De Luca nicht mehr gewagt, sie anzusehen.

Unbeweglich, bis sie zum Eingang der Trattoria gelangten. Da hatte sie die Schuhe angezogen und war ohne einen Gruß, ohne ein Wort ausgestiegen.

De Luca folgte ihr so lang wie möglich mit dem Blick: klein, aufrecht, hart, auf eine Seite geneigt, um den Koffer an ihrem Arm auszubalancieren.

Er fragte sich, ob er sie je wiedersehen würde. So, wie sie einmal gewesen war.

– Schade, dass man Sie erkannt hat, Kommissar, sagte Pugliese. – Ich hätte gern ein paar Frösche gegessen. Oder auch einen Katzenfisch, einen herrlich duftenden vom Grill. Wie nennt man ihn hier?

– Sie können auch allein gehen, Pugliese.

– Das war nur ein Scherz, Kommissar. Auch wenn ich nicht weiß, ob ich noch einmal die Gelegenheit dazu habe. Sind Sie sicher, dass das, was wir in den letzten Tagen gemacht haben, zu was gut ist?

– Nein, sagte De Luca.

– Ist es zu nichts gut oder ist es nicht dazu gut, dass wir am Leben bleiben?

– Es ist zu nichts gut. Erinnern Sie sich, als wir uns kennengelernt haben, Pugliese? Auch das war ein schwieriger Fall und wir wären fast dabei draufgegangen. Aber wir sind beide noch da.

– Ach was, Kommissar, ich habe auch allein alles Mögliche durchgemacht, den Faschismus, den Krieg, das Danach und es ist immer gut ausgegangen. Aber, – er berührte sich mit ausgestrecktem Zeigefinger und kleinem Finger im Schritt, – nachdem ich Sie zum Bahnhof gebracht habe, komme ich her und esse Frösche. Angeblich sind sie himmlisch: die gebratenen oder die gegarten? – Keine Ahnung, Maresciallo, das habe ich nicht herausgefunden.

Auf der ganzen Zugfahrt von Bologna bis Rom schlief De Luca wie ein Stein.

Obwohl er keinen Liegewagen reservieren hatte können, obwohl der Zweite-Klasse-Sitz nach kaltem Stoff stank, obwohl die Gleise metallisch klirrten, obwohl alles Mögliche passiert war, trotz Claudia und trotz Elvani: Kaum hatte er den Kopf an das eiskalte Fenster gelegt, überkam ihn derartige Müdigkeit, dass er sich nicht mehr bewegen, sich nicht einmal bequemer hinsetzen konnte.

Die Fingerspitzen der im Gips eingeklemmten Hand kribbelten unangenehm, aufgrund der gebrochenen Rippen konnte er kaum atmen, ihm war zwar nicht mehr schwindlig, doch ein dumpfer Schmerz dröhnte in seinem Kopf, als wäre er aus Schaumstoff. Außerdem unterhielt sich ein Mann mit einem anderen, mit krächzender Stimme, die in den Ohren wehtat. Außerdem war da noch eine Dame, die immer wieder aufstand und ihren Koffer im Gepäcknetz überprüfte und dabei einen zarten Käsegeruch verströmte, bei dem sich sein Magen umdrehte.

Dennoch schlief er ein, und zwar so tief, dass ihn erst der Schaffner aufweckte. Er nutzte die Störung, um die Haltung zu ändern, und fiel wieder in einen tiefen Schlaf.

Er wusste, warum er schlief wie ein Baby.

Er genierte sich sogar dafür, aber nur einen Augenblick lang, bevor er wieder in den Dämmerzustand glitt, der ihn verschluckte.

Er schlief aus Erleichterung.

Er hatte seinen Fall gelöst.

## 7. Januar 1954, Donnerstag

Der Zug fuhr nur bis Rom, sonst wäre De Luca in Neapel gelandet. Steif und schwankend stieg er aus, wusch sich das Gesicht auf der Bahnhofstoilette, strich sich mit den Fingern durch die Haare und rückte die Krawatte zurecht. Gegen die Augenringe und den Mehrtagesbart konnte er im Augenblick nichts tun.

Dann trank er einen Kaffee, suchte sich ein Taxi und ließ sich in die Via Arenula fahren, in das Büro der Import-Export-Firma Belsole. Dort stellte er sich dem Portier vor, der eine Boxernase hatte, und fragte nach Doktor Elvani.

– Sie schauen aus wie ein Gespenst, De Luca.

– Ich bin auch eins, Herr Doktor.

– Ich habe Ihnen doch gesagt: Unser Dienst hat kein Interesse daran, Sie aus dem Verkehr zu ziehen. Weder Sie noch den Verkehrspolizisten, der Sie in den letzten Tagen begleitet hat.

– Das habe ich auch nie gedacht, Herr Doktor, und die Genauigkeit, mit der Sie meinen Freund benennen, bestätigt mich darin.

– Wie Sie wollen, De Luca. Sie können auch nichts gegen uns ausrichten. Haben Sie im Zug geschlafen?

– Ja, wie ein Baby.

– Das freut mich. Und was führt Sie gleich nach Ihrer Ankunft zu mir?

– Ich wollte Ihnen sagen, dass ich herausgefunden habe, wer Stefania Cresca umgebracht hat.

– Ich hatte Ihnen doch gesagt, dass uns das nicht mehr interessiert. Aber wenn Sie sich schon die Mühe gemacht haben, höre ich Ihnen gern zu. Wer hat sie umgebracht?

– Der Deutsche, Hans Helmut Hase. Teufelsfratze.

Schweigen.

– Sie wissen, dass das nicht stimmt.

– Natürlich. Aber es gibt die Aussage eines Kindes, das Teufelsfratze zur Zeit des Verbrechens aus der Wohnung hat kommen sehen, in der die Tat verübt wurde. Eigentlich hat es ihn danach gesehen, aber wir haben die Aussage etwas frisiert. Die Aussage wurde vorgestern von einem Beamten der Sittenpolizei erhoben, der untersucht hat, ob die Mansarde auf eine Weise genutzt wurde, die gegen die guten Sitten verstieß.

– Was für eine Dummheit, De Luca. Halten Sie sich vor Augen, dass dieses Protokoll bereits verschwunden ist.

– Halten Sie es sich vor Augen, denn es existiert tatsächlich nicht mehr. Ich habe es. Und nicht nur das. Ich habe auch ein paar Haare von Teufelsfratze, die mit dem Blut von Signora Cresca verklebt sind. Ich habe sie an meinem Mantel gefunden. Außerdem gibt es noch Blutflecken in der Mansarde, es war nicht einfach, sie so zu behandeln, wie es sich gehört, aber ich und Pugliese haben in Sachen Mord einige Erfahrung. Oder in Sachen Aus-dem-Verkehr-Ziehen.

– De Luca, was glauben Sie eigentlich …

– Warten Sie, Herr Doktor. Wir haben noch einen Zeugen, der Teufelsfratze gesehen hat, als er den Unfall ausgelöst hat, bei dem Mario Cresca gestorben ist. Auch diese Aussage wurde vorgestern von einem Beamten der Verkehrspolizei erhoben, im Rahmen einer zusätzlichen Untersuchung. Auch sie ist aus den Akten verschwunden und in meinem Besitz.

– De Luca, ich glaube …

– Und noch eine letzte Aussage, die vom Kollegen … Ex-Kollegen D'Orrico aufgrund eines Tipps erhoben wurde. Niemand hat sich die Mühe gemacht, den Tod des Lastwagenfahrers zu untersuchen, es schien ja ein Unfall zu sein, doch die Mieter im letzten Stockwerk hörten ihn schreien, bevor er hinunterfiel, und unter anderem hat er *Fratze* oder etwas Ähnliches geschrien. Nun, diese Aussage ist noch bei den Akten, doch ich habe die Kopie der Aussage, die die Herrschaften Balla davor gemacht haben. Sie hat keinen Wert bei Gericht, doch …

– Es reicht, De Luca.

– Lassen Sie mich ausreden, Herr Doktor. Also, wir haben einen Mann, der Professor Mario Cresca umgebracht hat und der direkt mit den Morden am Lastwagenfahrer und an Signora Stefania zu tun hat. Das ist doch genau das, was Sie meinten, oder? Die Fehlerhaftigkeit inszenieren. Nun, wenn man alle diese Einzelheiten, die nicht zusammenpassen, gut inszeniert, ergeben sie ein fehlerhaftes Verbrechen in einer einwandfreien Untersuchung.

– De Luca, was glauben Sie, dass Sie tun? Glauben Sie, Sie könnten mich belasten? Mich ins Gefängnis bringen? Glauben Sie das wirklich?

– Keine Sekunde, Herr Doktor.

– Was dann?

– Ich frage Sie: War Ihr Vater im Krieg? Nicht im letzten, im Ersten.

– Natürlich.

– Nun, meiner nicht. Er war vom Wehrdienst befreit, er arbeitete in einem kriegswichtigen Betrieb, er machte Zünder von Bomben. Vielleicht war das der Grund, warum er vom Krieg besessen war. Als ich ein Kind war, faselte er immer vom Krieg, wahrscheinlich war das der Grund, warum ich Polizist und nicht Soldat geworden bin, wie er sich gewünscht hätte. Mein Vater sagte jedenfalls, die englischen Panzer hätten den Krieg gewonnen.

– Sind Sie betrunken, De Luca?

– Ich hatte nur einen Kaffee, Herr Doktor.

– Dann sind Sie unterzuckert. Was haben die englischen Panzer damit zu tun?

– Ich erkläre es Ihnen, Herr Doktor. Vielleicht ist es nicht so, wie mein Vater sagte, keine Ahnung, ich kenne mich bei diesen Dingen nicht aus, aber er hatte nicht völlig unrecht. Die Panzer haben den Krieg nicht allein gewonnen, doch in einem Zustand des Kräftegleichgewichts waren sie, wie er sagte, das Zünglein an der Waage.

Schweigen.

– Ich sehe, Sie verstehen, Herr Doktor. Bei Ihrer schnellen und sicher brillanten Karriere, vor allem jetzt, wo Ihre politischen Ziehväter an die Macht kommen, werden Sie sich einen Haufen Feinde machen. Sie werden sicher wissen, wie Sie sie in Schach halten, doch irgendwann könnte meine plötzlich auftauchende Untersuchung das Zünglein an der Waage sein.

Schweigen.

– Was wollen Sie, De Luca?

– Wir wollen bloß am Leben bleiben, mein Maresciallo und alle, die in diese Geschichte verwickelt sind. Sie haben gesagt, Sie interessieren sich nicht mehr für den Fall und dafür, jemanden aus dem Verkehr zu ziehen. Halten Sie Ihr Wort. Sonst gibt es jemanden, der imstande ist, meine Untersuchung im richtigen Augenblick auftauchen zu lassen. Versuchen Sie nicht, sie zu suchen, in meiner zwanzigjährigen Laufbahn bei der Polizei habe ich Menschen kennengelernt, die Ihnen nicht im Traum einfallen würden.

– Ist gut.

– Warten Sie, Herr Doktor, das ist noch nicht alles. Ich möchte zur Einsatzpolizei zurück. Ich möchte wieder als Polizist, als Kommissar arbeiten, und nicht als Ingenieur, der je nach Bedarf den Beruf wechselt. Ich bin nicht Ingenieur Morandi, ich bin Kommissar De Luca.

– Darüber müssen wir uns unterhalten. Was das Aus-dem-Verkehr-Ziehen anbelangt, gibt es kein Problem, ich werde tun, was Sie sagen. Was den Rest anbelangt … Ich bin beeindruckt, De Luca. Sie haben schnell gelernt … Diese Variante der Inszenierung der Fehlerhaftigkeit ist lehrbuchreif, wir werden sie in den Auffrischungskursen unterrichten, Sie werden sie unterrichten! Wie sollten wir auf so ein Talent verzichten, De Luca, vor Ihnen liegt eine glänzende Karriere.

Schweigen.

– Ich bin kein Bastard, ich bin ein Jagdhund. Ich bin Polizist.

– Blödsinn.

– Sie gehören mittlerweile zu unserer Welt. Glauben Sie, wir lassen Sie einfach so gehen, bei dem, was Sie getan haben, bei dem, was Sie wissen?

– Darüber unterhalten wir uns noch.

# 24. Juli 1954, Samstag

– Sie hat eine wunderbare Platte aufgenommen ... Schade, dass sie
auf Italienisch singt, wenn sie Jazz singt, ist sie viel besser.
  – Und warum hat sie nicht englisch gesungen?
  – Weil sie Italienerin ist, und Italiener für gewöhnlich italienisch
singen, oder? Vergiss, dass sie dunkelhäutig ist, sie ist eine von hier,
aus Bologna.
  – Das hört man auch ein wenig.
  Sie war eine Blondine und trug ein geblümtes Kleid, ihre ver-
schwitzten, von Sommersprossen bedeckten Schultern waren bloß.
Sie hatte einen geschlossenen Fächer in der Hand, bei dieser Affen-
hitze hätte sie ihn heftig schwenken müssen, doch er hatte gesagt,
dass ihm das auf die Nerven ging. Er beugte sich vor, das Sakko lag
auf seinen Knien, und reckte den Hals, um etwas zu sehen. Aber sie
saßen weit hinten, der Parco dell'Esedra war voll, man hatte sogar
unter den Palmen Tische aufstellen müssen.
  Claudia sang mit geschlossenen Augen, unter einem Scheinwerfer, der allein auf sie gerichtet war. Sie trug ein schwarzes Kleid, ein
kurzes, dekolletiertes Schlauchkleid, und mit den im Nacken zusammengebundenen Haaren wirkte sie älter, nicht mehr so kind-
lich.
  Barfuß – die Schuhe hatte sie in eine Ecke der Bühne, vor das
Schlagzeug, geschleudert – hauchte sie den Schlager ins Mikrofon,
mit gerecktem Hals, die Hände an der Mikrofonstange, auf Zehen-

spitzen. Die anderen Musiker begleiteten ihren langsamen, intensiven und herzzerreißenden Gesang.

– Was singt sie gerade?, fragte sie.

– *Stormy Weather*, sagte De Luca.

Er saß am Tisch daneben, allein, auch er mit dem Sakko auf den Knien und aufgebundener Krawatte. Er hätte lieber geschwiegen, doch er sah Claudia nach allzu langer Zeit zum erstem Mal wieder, und sein Herz schlug so schnell, dass er etwas tun musste. Am liebsten wäre er aufgestanden und unter den Palmen auf und ab gegangen, zu ihr hingegangen, aber er fürchtete, dass sie ihn bemerkte, wenn sie die Augen aufmachte, denn sie hatte ihr Gesicht in seine Richtung gewandt. Also blieb er ruhig sitzen, während es ihm immer stärker das Herz abdrückte.

– Entschuldigen Sie, mein Herr …

Da war ein Kellner in weißem Smoking, mit der Hand über seiner Schulter, als wolle er diskret darauf klopfen.

– Entschuldigen Sie, aber dieser Tisch ist reserviert …

De Luca blickte auf. Ein Paar in einiger Entfernung sah ihn giftig an.

– Heute Abend ist alles voll, auch die halb versteckten Tische, heute Abend singt Claudia Canè, Sie kennen sie doch?

– Ja, sagte De Luca und stand auf, – ich kenne sie.

– Wenn Sie reserviert hätten …

– Ist egal, ich bin nur auf Durchreise in Bologna, ich habe das Plakat gesehen und bin hereingekommen. Entschuldigen Sie …

– Sie singt die ganze Woche bei uns, wenn Sie noch mal kommen wollen … Geben Sie mir Ihren Namen, ich setze Sie auf die Liste, Sie brauchen mich nur anzurufen. Wie heißen Sie?

– Morandi, sagte De Luca und ging davon, – Ingenieur Morandi. Aber das ist nicht wichtig.

# Textnachweise

Die Zitate auf den Seiten 8, 17, 177 stammen aus dem Lied È *stata colpa mia* (Rastelli/Ruiz), aufgeführt vom Orchestra Ferrari.

Das Zitat auf Seite 17 stammt aus dem Lied *Triste sorriso* (Pavarani/Tettoni), aufgeführt vom Orchestra Savini.

Das Zitat auf Seite 17 stammt aus dem Lied *Non ti potrò scordare* (Gershwin), aufgeführt vom Orchestra Savini.

Das Zitat auf Seite 17 stammt aus dem Lied *Malanotte* (Pinchi/Pizzigoni), aufgeführt vom Orchestra Nicelli.

Das Zitat auf Seite 77 stammt aus dem Lied *Mezzanotte a Mosca,* einer Coverversion von *Podmoskovnye večera* (Matusovskij/Solowjow-Sedoi). Die hier angeführte italienische Version wurde von Tiziano Tomassone gesungen.

Das Zitat auf Seite 82 stammt aus dem Lied *Un bacio a mezzanotte* (Garinei/Giovannini/Kramer), aufgeführt vom Cetra Quartett.

Das Zitat auf Seite 143 stammt aus dem Lied *Bèla Bulagna* (Mingozzi/Marcheselli).

# Danksagungen

Bologna war damals wunderschön. Auch jetzt gefällt es mir (fast) immer, doch damals, als es noch schiffbare Kanäle gab, Schnee, als Bologna noch ein großes Dorf war und noch keine richtige Stadt, war es ganz anders und sehr schön. Ich habe es natürlich nicht kennengelernt und musste recherchieren. Ich bedanke mich also bei denen, die die Erinnerung an das alte Bologna bewahrt haben, bei dem Fotografen Walter Breviglieri, bei dem Jazzmusiker Nardo Giardina, bei Tiziano Costa, der ein Buch über die Kanäle herausgegeben hat, und auch bei Gaetano, meinem zweiten Vater, mit dem ich mir *Hanno rubato un tram* (Geliebte Tram) angesehen habe, mit dem großen Aldo Fabrizi, der ausgerechnet in diesen Jahren in Bologna als Straßenbahnschaffner tätig war. Ich habe mir den Film stundenlang angesehen, denn Gaetano hat ihn Bild für Bild angehalten, um mir zu zeigen: Hier, genau hier, war dieser und jener und machte dieses und jenes. Ich müsste mich noch bei vielen anderen Personen bedanken, doch dafür ist hier kein Platz. Ich werde jedoch alle Bücher, Filme und Dokumente, die auf meinem Schreibtisch liegen, auf meiner Facebook-Seite und bei jeder anderen Gelegenheit auflisten.

Wie gesagt habe ich so gut wie möglich recherchiert, doch gewiss habe ich ein paar Fehler gemacht. Das ist meine Schuld, und ich entschuldige mich dafür, ich hoffe, sie sind nicht allzu schwerwiegend. Einige Fehler habe ich in vollem Wissen begangen, die

Schlager *Mezzanotte a Mosca* zum Beispiel und *Bèla Bulagna* sind erst einige Jahre später herausgekommen, aber ich wollte sie unbedingt verwenden, und inzwischen ist es Tradition, dass ich in jedem meiner historischen Romane einen unpassenden Schlager verwende, wie *Ludovico* in *Die schwarze Insel* oder *Avanti e indrè* in *L'ottava vibrazione*. Auf jeden Fall nehme ich gerne jeden Hinweis entgegen.

Wie immer am Ende eines Buches müsste man sich bei einem Haufen Personen bedanken, doch Platz und Erinnerung sind begrenzt, deshalb werde ich nur meine Assistentin Beatrice Renzi und Marcello Cimino erwähnen, die mich bezüglich des Tonfalls des Buchs und seiner Affinität zu Deluche bestätigt haben, außerdem bei meinem Agenten Roberto Santachiara, bei Paolo Repetti und Severino Cesari von Einaudi Stile Libero. Paolo hat mich angefeuert, wie damals, als ich als Kind die Hausübungen am letzten Ferientag machte (damals wie heute schwöre ich, dass das nicht mehr vorkommen wird, doch wir wissen alle, dass dem nicht so ist), und Severino, der gewissermaßen in Echtzeit mitgelesen hat, war eine unschätzbare Hilfe, für die ich ihm wie immer sehr dankbar bin.

Begonnen in Mordano (B), bei mir zu Hause, am Montag, 7. März, um 19.03 Uhr, und zu Ende geführt in Porto Tolle (RO), im Hotel Bussana/Bar Duesse, am Montag, 18. Juli 2016, um 17.05 Uhr.

# Inhalt

Danach